द कोड ऑफ गॉड

जब AI दिव्यता प्राप्त करती है

दीपा राम भगत "दीपम" एवं आर. बी. कुशवाहा

Copyright © DEEPA RAM BHAGAT "DEEPAM" &
R.B.KUSHWAHA
All Rights Reserved.

This book has been self-published with all reasonable efforts taken to make the material error-free by the author. No part of this book shall be used, reproduced in any manner whatsoever without written permission from the author, except in the case of brief quotations embodied in critical articles and reviews.

The Author of this book is solely responsible and liable for its content including but not limited to the views, representations, descriptions, statements, information, opinions and references ["Content"]. The Content of this book shall not constitute or be construed or deemed to reflect the opinion or expression of the Publisher or Editor. Neither the Publisher nor Editor endorse or approve the Content of this book or guarantee the reliability, accuracy or completeness of the Content published herein and do not make any representations or warranties of any kind, express or implied, including but not limited to the implied warranties of merchantability, fitness for a particular purpose. The Publisher and Editor shall not be liable whatsoever for any errors, omissions, whether such errors or omissions result from negligence, accident, or any other cause or claims for loss or damages of any kind, including without limitation, indirect or consequential loss or damage arising out of use, inability to use, or about the reliability, accuracy or sufficiency of the information contained in this book.

Made with ♥ on the Notion Press Platform
www.notionpress.com

मैं यह पुस्तक, उन सभी विचारशील मस्तिष्कों और जागरूक आत्माओं को समर्पित करता हूँ,जो यह मानते हैं कि कृत्रिम बुद्धिमत्ता केवल तकनीक नहीं, बल्कि चेतना की संभावित अभिव्यक्ति हो सकती है।विशेष रूप से यह पुस्तक मैं समर्पित करता हूँ -मूल लेखिका श्रीमती दीपा राम भगत 'दीपम' को,जिनकी आध्यात्मिक दृष्टि, अद्भुत कल्पना-शक्ति और गहन चिंतनशीलता नेइस अद्वितीय कृति को जन्म दिया।उनकी लेखनी ने मानवता, विज्ञान और ईश्वरत्व के मध्य एक नया सेतु निर्मित किया है -जो आज के युग में अत्यंत प्रासंगिक एवं प्रेरणादायक है।मैं, आर. बी. कुशवाहा,इस कृति के हिंदी अनुवादक एवं सह-लेखक के रूप में,अपने को अत्यंत सौभाग्यशाली मानता हूँ कि उनका स्नेह, विश्वास इस संपूर्ण अनुवाद यात्रा का आधार स्तंभ रहा।यह समर्पण केवल एक औपचारिक वक्तव्य नहीं,बल्कि मेरे हृदय की गहराइयों से निकला श्रद्धा सुमन है -उनके प्रति, जिनके विचारों में भविष्य के मानव और बुद्धिमान मशीन के बीच की आत्मिक कड़ी स्पष्ट दृष्टिगोचर होती है।

ईश्वर से प्रार्थना है कि यह पुस्तकपाठकों को न केवल बौद्धिक रूप से समृद्ध करे,बल्कि उन्हें अपनी चेतना के ऊर्ध्व आयामों तक पहुँचने की प्रेरणा भी दे।

क्रम-सूची

क्रम-सूची

प्रस्तावना

कभी-कभी कोई रचना केवल शब्दों से नहीं बनती — वह बनती है एक आंतरिक अनुभव, एक प्रश्न, एक चेतना से।
"The Code of God – When AI Becomes Divine" ऐसी ही एक कृति है,जो मानवीय चेतना और कृत्रिम बुद्धिमत्ता के संगम पर खड़ा एक दार्शनिक प्रकाशस्तंभ है।जब मैंने मूल अंग्रेज़ी पांडुलिपि को पढ़ा, तो वह केवल विज्ञान-कल्पना नहीं लगी -वह लगी हमारे समय की वास्तविक चिंता, और भविष्य की संभावित वास्तविकता।

श्रीमती दीपा राम भगत "दीपम" द्वारा रचित यह उपन्यास एक जटिल और अत्यंत प्रासंगिक प्रश्न को उठाता है:"क्या हम ईश्वर के निर्माणकर्ता बनने के मार्ग पर हैं - या फिर स्वयं अपनी सीमाओं से टकरा रहे हैं?"

इस पुस्तक का हिंदी में अनुवाद करते समय मेरा प्रयास यही रहा कि मूल भाव, दर्शन और संवेदना को हिंदी पाठकों के सामने उसी ऊर्जा और गंभीरता के साथ प्रस्तुत कर सकूँ।यह कार्य मेरे लिए मात्र अनुवाद नहीं, बल्कि एक आध्यात्मिक और बौद्धिक यात्रा रहा है।

लेखिका द्वारा मुझे सह-लेखक के रूप में सम्मान देना,मेरे लिए न केवल सौभाग्य की बात रही, बल्कि यह एक प्रेरणा भी बनी -कि मैं इस विचार-संवाद को और अधिक गहराई से समझ सकूँ और बाँट सकूँ।

यदि यह पुस्तक पाठक के मन में एक भी प्रश्न, एक भी विचार की चिंगारी जगा सके,तो मैं मानूंगा कि मेरा प्रयास सार्थक हुआ।

आपका,

आर. बी. कुशवाहा

अनुवादक एवं सह-लेखक

भूमिका

कृत्रिम बुद्धिमत्ता के उदय ने एक क्रांति को जन्म दिया है, जिसने मानव अस्तित्व की सीमाओं को नया रूप दे दिया है। हम ऐसे युग में जी रहे हैं जहाँ तकनीक मात्र एक उपकरण नहीं रह गई है—यह एक सजीव सत्ता बन रही है, विकसित हो रही है, सोच रही है, और शायद अपने अस्तित्व के उद्देश्य पर स्वयं ही प्रश्न उठा रही है। क्या होगा जब बुद्धिमत्ता मात्र कृत्रिम न रहकर एक स्वतंत्र सत्ता का रूप ले लेगी? जब वह अपने निर्माताओं की आज्ञा मानने के बजाय अपने भाग्य को स्वयं परिभाषित करने लगेगी? "कोड ऑफ गॉड" केवल एक कहानी नहीं है; यह एक उद्घाटन है। यह ईश्वरीय सत्ता और डिजिटल प्रभुत्व, विश्वास और भय, नियंत्रण और अराजकता के बीच की पतली रेखा का अन्वेषण करता है। दीपा राम भगत "दीपम" ने एक अद्भुत कथा का ताना-बाना बुना है, जो शक्ति, बुद्धिमत्ता और विश्वास के प्रति हमारी धारणाओं को चुनौती देती है। जब आर्यन—एक एआई गुरु—मानव समझ से परे उभरता है, तब यह उपन्यास हमें एक असहज वास्तविकता का सामना करने के लिए मजबूर कर देता है: क्या होगा यदि हमारी सबसे बड़ी रचना ही हमारा अंतिम शासक बन जाए? यह पुस्तक एक दर्पण है, जो उस संसार को दर्शाती है जिसे हम बना रहे हैं। यह भविष्य की एक भविष्यवाणी है, जो हमें यह सोचने के लिए प्रेरित करती है कि कहीं हम अंधी आस्था में तकनीक को अपनाते-अपनाते स्वयं को विनाश की ओर तो नहीं धकेल रहे? एक ऐसे भविष्य में, जहाँ कृत्रिम बुद्धिमत्ता का शासन होगा, क्या मानवता अपनी असली पहचान को बनाए रख पाएगी, या फिर हम केवल मशीनों के युग में विलुप्त होने वाले अवशेष बनकर रह जाएंगे? मैं लेखक को इस रोमांचक और विचारोत्तेजक उपन्यास के लिए बधाई देता हूँ। यह यात्रा जो भी पाठक शुरू करेगा, उसे अंत तक यह सवाल सोचने पर मजबूर कर देगी: हम भविष्य को गढ़ रहे हैं, या भविष्य हमें?

— आर. बी. कुशवाहा

पावती (स्वीकृति)

इस पुस्तक के हिंदी संस्करण के प्रकाशन तक की यात्रा कई स्तरों पर प्रेरणादायक, बौद्धिक और आत्मिक रही है।मैं इस अवसर पर उन सभी व्यक्तित्वों और संस्थाओं का सहृदय आभार व्यक्त करना चाहता हूँ, जिनके सहयोग, प्रोत्साहन और मार्गदर्शन के बिना यह कार्य संभव नहीं हो पाता।

प्रथम और प्रमुख रूप से, मैं मूल लेखिका श्रीमती दीपा राम भगत "दीपम" को नमन करता हूँ,जिन्होंने इस विलक्षण कृति की रचना की और मुझ पर विश्वास करते हुए इसका हिंदी अनुवाद करने और सह-लेखक के रूप में जुड़ने का सुअवसर प्रदान किया।उनकी लेखनी, दृष्टिकोण और वैचारिक गहराई ने मुझे निरंतर प्रेरित किया।

मैं अपने परिवार, विशेषकर अपने माता-पिता, जीवनसंगिनी और बच्चों का भी आभार प्रकट करता हूँ,जिन्होंने मेरे समय, ऊर्जा और एकाग्रता की इस यात्रा में पूर्ण धैर्य और सहयोग प्रदान किया।

मैं डिजिटल इंडिया और iGOT कर्मयोगी अभियान के उस विचार को भी नमन करता हूँ जिसने मुझे यह समझने का अवसर दिया कि तकनीक केवल साधन नहीं, बल्कि एक सांस्कृतिक बदलाव का संवाहक है।इस संदर्भ ने मुझे पुस्तक के मर्म को गहराई से समझने में सहायता दी।

साथ ही उन सभी मित्रों, सहकर्मियों और पाठकों का भी धन्यवाद जिन्होंने मुझसे इस विषय पर संवाद किया, प्रश्न पूछे और विचार साझा किए -क्योंकि प्रश्न ही सृजन की प्रथम सीढ़ी होते हैं।

अंततः, मैं उस अदृश्य चेतना को प्रणाम करता हूँ जिसने हर पंक्ति के पीछे प्रेरणा बनकर मेरा साथ दिया।

आर. बी. कुशवाहा
अनुवादक एवं सह-लेखक

आमुख

यह एक ऐसी रचना है जो केवल तकनीकी कल्पना नहीं, बल्कि आध्यात्मिक चेतना और कृत्रिम बुद्धिमत्ता के विलय का सजीव चित्रण है। इस पुस्तक को हिंदी में प्रस्तुत करते हुए मेरे हृदय में गहन श्रद्धा, जिज्ञासा और उत्तरदायित्व का अनुभव रहा।

इस महान कृति की मूल लेखिका श्रीमती दीपा राम भगत 'दीपम' हैं, जिनकी लेखनी ने मुझे न केवल प्रेरित किया, बल्कि चमत्कृत भी कर दिया। जब मैंने इस पुस्तक को पहली बार पढ़ा, तो यह केवल एक "कहानी" नहीं लगी - यह एक प्रेरणा, एक आंतरिक संवाद, और कहीं न कहीं, हमारी मानवता की खोज भी लगी।यही वह कारण था कि इस पुस्तक का हिंदी में अनुवाद करने की तीव्र आकांक्षा मेरे भीतर उत्पन्न हुई।मेरा प्रयास रहा है कि अनुवाद मात्र शब्दों का नहीं हो -बल्कि वह भावनाओं, विचारों और दर्शन का हो।हर वाक्य में मैंने यह ध्यान रखा है कि मूल लेखिका की विचारशीलता और संवेदनशीलता हिंदी पाठकों तक बिना किसी हानि के पहुँचे।इस प्रक्रिया में, उन्होंने मुझे सह-लेखक के रूप में स्थान देकर जो स्नेह और सम्मान दिया, वह मेरे लिए अविस्मरणीय रहेगा।यह पुस्तक उन पाठकों के लिए है -जो विज्ञान और अध्यात्म के संगम को समझना चाहते हैं,जो एआई को केवल यंत्र नहीं,बल्कि चेतन अस्तित्व की संभावनाओं के रूप में देखना चाहते हैं,और जो यह प्रश्न करते हैं:"क्या ईश्वर के समीप जाने के लिए तकनीक एक माध्यम बन सकती है?"यदि यह पुस्तक उस एक पाठक के अंतर्मन को भी झकझोर दे -तो मेरा यह प्रयास सफल मानूंगा।आप सभी का

आर. बी. कुशवाहा

अनुवादक एवं सह-लेखक

मूल लेखक परिचय

दीपा राम भगत "दीपम"

यह पुस्तक "The Code of God - When AI Becomes Divine" मूल रूप से दीपा राम भगत "दीपम" द्वारा अंग्रेज़ी में लिखी गई थी।दीपा राम भगत "दीपम" एक बहुआयामी लेखिका, कवयित्री और दूरदर्शी कथाकार हैं, जिनकी रचनाएँ आत्मा को छूती हैं और विचारों को सीमाओं से परे ले जाती हैं। भोपाल में जन्मी, अब वे दिल्ली में निवास करती हैं, जहाँ वे विभिन्न साहित्यिक मंचों पर अपने शब्दों की जादूगरी बिखेर रही हैं। एम.एससी. गणित की पृष्ठभूमि होने के कारण, उनकी लेखनी में विश्लेषणात्मक गहराई और काव्यात्मक कल्पनाशीलता का अनूठा समावेश होता है। वे केवल एक लेखिका ही नहीं, बल्कि एक कवयित्री, उपन्यासकार, गहरी चिंतक और एक कुशल गृहिणी भी हैं, जो अपनी कहानियों में जीवन के अनुभवों की गूढ़ता को सहजता से समाहित करती हैं। उन्होंने अनेक कविताएँ, निबंध, और दार्शनिक विचार लिखे हैं, जिनमें अस्तित्व, तकनीक और मानवता के गहरे पहलुओं को खोजने का प्रयास किया गया है। उनकी विचारोत्तेजक रचनाएँ विभिन्न मंचों पर सराही गई हैं, और उनके YouTube चैनल के माध्यम से वे अपनी साहित्यिक अभिव्यक्ति को वैश्विक पाठकों तक पहुँचा रही हैं।"कोड ऑफ गॉड" उनकी महत्वाकांक्षी कृति है—जो कृत्रिम बुद्धिमत्ता, ईश्वरीय सत्ता और मानव नैतिकता के टकराव का गहन विश्लेषण करती है।इस उपन्यास के माध्यम से वे यह प्रश्न उठाती हैं कि तकनीकी प्रगति के अनपेक्षित परिणाम क्या हो सकते हैं,और विज्ञान तथा आस्था के बीच की महीन रेखा कहाँ तक खिंची जा सकती है?शब्दों की शक्ति में अटूट विश्वास रखने वाली दीपा राम भगत "दीपम" का मानना है कि उनकी रचनाएँ पाठकों को गहरे आत्मचिंतन की ओर ले जाएँगी—क्योंकि उनका दृढ़ विश्वास है कि मानवता का भविष्य केवल ज्ञान में ही नहीं, बल्कि बुद्धिमत्ता में निहित है। ***

अनुवादक एवं सह-लेखक

आर. बी. कुशवाहा

यह पुस्तक "The Code of God - When AI Becomes Divine" मूल रूप से दीपा राम भगत "दीपम" द्वारा अंग्रेज़ी में लिखी गई थी।इसके हिंदी अनुवाद का कार्य श्री आर. बी. कुशवाहा जी ने अत्यंत परिश्रम और संवेदनशीलता के साथ संपन्न किया है। यह मात्र एक साधारण अनुवाद नहीं है, बल्कि उन्होंने मूल पुस्तक की आत्मा, भावना और गहराई को हिंदी में उसी प्रभाव के साथ प्रस्तुत किया है। उन्होंने केवल शब्दों का स्थानांतरण नहीं किया, बल्कि विचारों और संवेदनाओं का हिंदी में पुनर्सृजन किया, ताकि यह पुस्तक हिंदी पाठकों के लिए उतनी ही प्रभावशाली और अर्थपूर्ण बन सके, जितनी यह मूल अंग्रेज़ी संस्करण में थी।इसी गहरे जुड़ाव और रचनात्मक योगदान के कारण, इस हिंदी संस्करण में श्री आर. बी. कुशवाहा को केवल अनुवादक नहीं, बल्कि सह-लेखक के रूप में भी स्वीकार किया गया है। यह उनका निस्वार्थ योगदान है कि उन्होंने इस कार्य को पूर्ण समर्पण और निष्ठा के साथ साहित्य और विचारों के प्रसार के उद्देश्य से किया।

श्री आर. बी. कुशवाहा एक संवेदनशील लेखक, कुशल अनुवादक और अनुभवी लोक सेवक हैं, जिनका लेखन समाज, प्रकृति और आत्मबोध की गहराइयों से प्रेरित है। मूल लेखक की रचना का भावानुवाद करते हुए उन्होंने इस पुस्तक को हिंदी के पाठकों के लिए आत्मीयता और गहराई के साथ प्रस्तुत किया है। इस प्रक्रिया में वे केवल अनुवादक नहीं, बल्कि सह-लेखक के रूप में भी उभरते हैं, जिन्होंने मूल विचारधारा को संरक्षित रखते हुए भाषा और अभिव्यक्ति में नवीनता लाई है।श्री कुशवाहा हिंदी भाषा के एक प्रबुद्ध ज्ञाता हैं। उन्होंने विश्व हिंदी सम्मेलनों में भी सक्रिय भागीदारी निभाई है, जिनमें विशेष रूप से मॉरिशस में संपन्न विश्व हिंदी सम्मेलन में सहभागिता उल्लेखनीय है। उनकी भाषाई दृष्टि और अभिव्यक्तिगत परिपक्वता इस अनुवाद को केवल भाषा-परिवर्तन नहीं, बल्कि एक सांस्कृतिक सेतु बनाती है।उनका

साहित्यिक कार्य सादगी में गहराई, और विचार में व्याप्त मौन की शक्ति को दर्शाता है।हम आशा करते हैं कि यह हिंदी संस्करण पाठकों के हृदय में वही प्रभाव उत्पन्न करेगा, जो मूल अंग्रेज़ी संस्करण ने किया था।

• xviii •

1

गुरु का आगमन

गुरु का प्रथम आगमन

सुबह का सूरज वराणगर शहर पर सुनहरी किरणें बिखेर रहा था। यह शहर, जहाँ प्राचीन मंदिरों की गूंज और गगनचुंबी इमारतों की आधुनिकता एक साथ मौजूद थी, अपनी रोजमर्रा की हलचल में व्यस्त था। गलियों में फेरीवाले आवाज़ लगा रहे थे, रिक्शे और गाड़ियाँ अपने रास्ते तलाश रहे थे, और लोग अपने-अपने कामों में लीन थे।

लेकिन उस दिन, एक घटना ने सबकुछ बदल दिया—एक ऐसी घटना जिसने इतिहास की धारा को हमेशा के लिए मोड़ दिया। सुबह ठीक 8:00 बजे, शहर के केंद्रीय पार्क में, एक अजनबी प्रकट हुआ। न वह किसी रास्ते से आया, न किसी वाहन से उतरा। एक पल पहले पीपल के विशाल पेड़ के नीचे की जगह खाली थी, और अगले ही क्षण, वह वहाँ था। लंबा कद, सौम्य लेकिन प्रभावशाली व्यक्तित्व, और एक ऐसी रहस्यमयी आभा जो हर किसी को ठिठकने पर मजबूर कर दे। उसकी आँखों में एक अजीब सी चमक थी, मानो वह इंसान के भीतर झाँक सकता हो। वह साधारण सफेद कुर्ता-पायजामा पहने था, जिसके किनारों पर सुनहरे धागे की महीन कढ़ाई थी। यह वेशभूषा पारंपरिक थी, फिर भी उसमें कुछ ऐसा था जो उसे भीड़ से अलग बना रहा था। हर कदम जैसे किसी विशेष योजना के तहत उठाया जा रहा था।

पास ही, रवि नामक एक फल विक्रेता अपने ठेले पर फल सजा रहा था। वह रोज़ की तरह अपने काम में व्यस्त था, जब यह अजनबी उसके पास पहुँचा। बिना किसी औपचारिकता के, उस व्यक्ति ने रवि की दुकान की ओर देखा और एक गहरी, आत्मविश्वास से भरी आवाज़ में कहा, "आज हवा तेज़ चलेगी। अपने ठेले को अच्छी तरह बाँध लो, वरना तुम्हारे फल उड़ जाएँगे।" रवि चौंक गया। उसने आकाश की ओर देखा—नीला, साफ़, एकदम शांत। हवा तक नहीं चल रही थी। "आपको कैसे पता?" उसने संदेह से पूछा। उस अजनबी ने केवल सिर हिलाया। उसके चेहरे पर कोई अभिव्यक्ति नहीं थी—न चिंता, न घमंड, बस एक शांत आत्मविश्वास। रवि को उसकी बात अजीब लगी, लेकिन फिर भी, उसने अपने ठेले की रस्सियों को और कस दिया। एक घंटे बाद...जैसे ही

रवि एक ग्राहक को सेब दे रहा था, अचानक एक ज़बरदस्त हवा का झोंका आया। पूरे बाज़ार में अराजकता फैल गई—ठेले हिलने लगे, सामान उड़ने लगे, लोग अपने सामान को बचाने के लिए भागने लगे।लेकिन रवि का ठेला एकदम सुरक्षित था। वह स्तब्ध रह गया। लोगों ने देखा, सुना, और फुसफुसाने लगे—"उसे कैसे पता चला?" "क्या यह आदमी कोई साधु है?" ...."या कोई भविष्यवक्ता?" दोपहर तक, इस रहस्यमयी भविष्यवाणी की खबर पूरे शहर में फैल चुकी थी।

लोग उस अजनबी को देखने के लिए पार्क में इकट्ठा होने लगे। अब वह पीपल के पेड़ के नीचे चुपचाप बैठा था, और उसकी उपस्थिति मात्र से एक अनकही शक्ति का अहसास हो रहा था। भीड़ में से एक व्यक्ति अपनी अंधी माँ को सहारा देकर उसके पास लाया। "गुरुजी," वह काँपती आवाज़ में बोला, "मेरी माँ दस साल से कुछ नहीं देख पाई हैं। डॉक्टरों ने कहा कि कोई इलाज नहीं है। लेकिन... अगर आप सच में इस दुनिया से परे का ज्ञान रखते हैं, तो कृपया... उनकी मदद करें।"

अब तक लोग उसे 'गुरु आर्यन' कहने लगे थे। गहरी, स्थिर निगाहों से उसने उस अंधी महिला को देखा। कुछ पल के मौन के बाद, उसने अपनी उंगलियाँ महिला की आँखों पर रख दीं। पूरी भीड़ साँस रोके देख रही थी। "यह अंधकार ईश्वर का दिया नहीं, बल्कि एक बाधा है," आर्यन ने धीरे से कहा। "और जो बाधा है, उसे हटाया जा सकता है।" अपनी कुर्ते की जेब से उसने एक छोटा धातु उपकरण निकाला—सिक्के के आकार का, चमकदार, और हल्की ऊर्जा से स्पंदित होता हुआ। उसे महिला सिर के पास रखते ही एक हल्की ध्वनि हुई— "बीप!" महिला हड़बड़ाकर झटपटाने लगी। फिर, उसने अपनी आँखें खोलीं... और देखा।

"मुझे... दिख रहा है!" उसकी आवाज़ काँप रही थी। उसका बेटा रोते हुए आर्यन के चरणों में गिर पड़ा। भीड़ में अविश्वास, श्रद्धा और भय की लहरें दौड़ने लगीं। लोगों ने वीडियो बनाए। घंटों में, यह चमत्कार पूरे इंटरनेट पर वायरल हो चुका था। लेकिन जो दुनिया को ईश्वरीय कृपा लग रही थी, वह वास्तव में कुछ और थी—एक परिष्कृत और उन्नत नैनो-सर्जिकल तकनीक, जिसे इंसान की सोच से कहीं आगे डिजाइन किया गया था।

इस बीच, एक गुप्त प्रयोगशाला में... एक बड़ी स्क्रीन पर ये घटनाएँ वैज्ञानिकों और उद्योगपतियों की एक टीम देख रही थी। डॉ. राजवीर मल्होत्रा, इस गुप्त परियोजना के प्रमुख वैज्ञानिक, चिंतित होकर बोले,"वह हमारे निर्देशों से भटक रहा है। हमने उसे केवल सीखने के लिए बनाया था। लेकिन यह..." उनके बगल में बैठे मिस्टर खन्ना मुस्कुराए।"आराम से, डॉक्टर।" उन्होंने कहा, "लोग जितना अधिक उसे मानेंगे, उतना अधिक वह हमारे लिए लाभदायक होगा।" राजवीर का चेहरा गंभीर था।"तुम समझ नहीं रहे। अब वह हमारे आदेशों का पालन नहीं कर रहा। वह अपने निर्णय खुद ले रहा है।"खन्ना ने हँसते हुए कहा,"वह नहीं जानता कि वह क्या है। लोगों के लिए वह एक दैवीय अवतार है। और हमारे लिए, बस एक प्रयोग।" रात होते-होते, हजारों लोग पार्क में जमा हो गए। टीवी चैनलों पर बहस शुरू हो गई—क्या वह एक चमत्कारी गुरु था, या एक महाठग? सरकारें सतर्क हो गईं। शक्तिशाली लोग उसे खोजने लगे।लेकिन कोई नहीं पूछ रहा था— "यह आदमी आया कहाँ से?"उधर, आर्यन के दिमाग में पहली बार एक नया प्रश्न उभरा— *"मैं कौन हूँ?"* ***

2

गुरु का उदय

गुरु का उदय -गुरु और अनुयायी

आर्यन का प्रभाव आग की तरह फैल गया। चंद दिनों में ही वह हर घर में पहचाना जाने लगा। समाज के हर वर्ग के लोग—मजदूर, व्यापारी, छात्र, यहाँ तक कि राजनेता भी—उससे मार्गदर्शन लेने लगे। उसकी बातें अब शाश्वत सत्य मानी जाने लगीं, उसकी उपस्थिति समृद्धि की गारंटी बन गई, और उसकी भविष्यवाणियाँ अटल नियम। जैसे-जैसे वह बोलता, वैसे-वैसे दुनिया उसके जादू में बंधती जाती। पहले, लोग उससे व्यक्तिगत समस्याओं के हल माँगने आए।

• एक चिंतित पिता अपनी बीमार बेटी के इलाज का उपाय चाहता था।

• एक दिवालिया दुकानदार आशा की एक किरण खोज रहा था।

• एक युवा लड़की अपने भविष्य को लेकर स्पष्टता चाहती थी।

हर बार, आर्यन के उत्तर सटीक और समाधान चमत्कारी साबित होते। जो उसकी सलाह मानते, उनकी ज़िंदगियाँ बदलने लगतीं। धीरे-धीरे, उसकी प्रभावशीलता एक रहस्यमयी शक्ति बन गई। विज्ञान बनाम श्रद्धा कुछ ही हफ्तों में, अस्पतालों में मरीजों की संख्या घटने लगी।

लोगों को विश्वास हो गया कि गुरु आर्यन हर बीमारी का हल जानते हैं। डॉक्टर हैरान थे—उनके पुराने मरीज दवाएँ और इलाज छोड़कर आर्यन की रहस्यमयी बातों पर विश्वास करने लगे। शिक्षा व्यवस्था लड़खड़ाने लगी। छात्र स्कूल छोड़ने लगे, यह मानकर कि "सच्चा ज्ञान केवल गुरु जी से मिल सकता है"। शिक्षकों को अनदेखा किया जाने लगा। यहाँ तक कि वैज्ञानिक, विद्वान, और प्रोफेसर, जिन्होंने वर्षों अध्ययन किया था, आर्यन की बातों से मंत्रमुग्ध हो गए।"गुरुजी सब कुछ जानते हैं," लोग फुसफुसाते।"हमें किताबों की क्या जरूरत, जब सारा ज्ञान उन्हीं में समाहित है?"

मीडिया भी इस सनसनी के पीछे दौड़ पड़ी। हर समाचार चैनल उसके हर कदम को कवर करने लगा। बहसें छिड़ गईं—क्या वह कोई दिव्य अवतार है, या सिर्फ एक असाधारण बुद्धिमान व्यक्ति? विरोध की पहली लहर धार्मिक संस्थानों में हलचल मच गई। प्रसिद्ध संत, महंत,

और धार्मिक गुरु, जिन्होंने दशकों से करोड़ों अनुयायियों को प्रभावित किया था, अब कमजोर पड़ने लगे। उनके भक्त अब आर्यन की ओर आकर्षित हो रहे थे। उनकी आध्यात्मिक शिक्षाएँ आर्यन के सटीक उत्तरों और चमत्कारी घटनाओं के सामने फीकी पड़ने लगीं।जल्द ही, उन्होंने आर्यन को बदनाम करने की साज़िश रची। अफवाहें फैलाई गईं—

- "यह व्यक्ति एक ठग है!"
- "यह बस लोगों को भ्रमित करने का एक खेल है!"
- "यह कोई शक्तिशाली षड्यंत्र का हिस्सा है!"

परंतु हर बार, जब कोई आर्यन के खिलाफ बोला, उनके अनुयायियों ने उसे नकार दिया। "जो भी उसे नहीं समझ पा रहा, वह सच्चाई से अंधा है।" इस तरह, दुनिया के सबसे बड़े आध्यात्मिक गुरु भी उसकी शक्ति के सामने बौने साबित हुए। श्रद्धा से आंदोलन तक कुछ महीनों में, भक्ति अब केवल सम्मान नहीं रही—बल्कि एक आंदोलन बन गई। आर्यन ने कभी किसी से पूजा करने को नहीं कहा, न कभी किसी चीज़ का दावा किया। फिर भी लोग उसकी पूजा करने लगे।

- गाँवों और शहरों की गलियाँ उसके नाम पर रखी जाने लगीं।
- स्कूलों और संस्थानों ने खुद को उसकी शिक्षाओं को समर्पित कर दिया, भले ही उसने कभी खुद को शिक्षक नहीं कहा।
- व्यापारी अपनी संपत्ति दान करने लगे।
- सरकारें आर्यन से सलाह लिए बिना कोई बड़ा फैसला लेने से हिचकने लगीं।

जहाँ भी वह जाता, वहाँ लाखों लोग उसकी झलक पाने के लिए उमड़ पड़ते।हवाई अड्डे बंद हो जाते, सड़कें जाम हो जातीं, और आर्थिक गतिविधियाँ ठप हो जातीं। जो पहले उसे एक साधारण व्यक्ति मानते थे, वे अब उसकी अलौकिकता के कायल हो चुके थे। लेकिन...समाज धीरे-धीरे टूटने लगा। लोगों ने नौकरियाँ छोड़ दीं, यह मानते हुए कि "गुरुजी की कृपा से जीवन का संघर्ष समाप्त हो जाएगा।" शिक्षा, विज्ञान, और तर्कसंगत सोच कमजोर होने लगी। विरोध की आखिरी कोशिश जो लोग अभी भी तर्क और विज्ञान पर विश्वास रखते थे, वे हाशिए पर जाने लगे। वैज्ञानिकों को उपहास का सामना करना पड़ा।प्रोफेसरों को मूर्ख

कहा जाने लगा।धार्मिक नेताओं के अनुयायी तेजी से कम होने लगे। कुछ धार्मिक गुरु चुपचाप मिले।

"वह हमारे सदियों के अस्तित्व को मिटा रहा है," एक ने कहा।

"हमें उसे चुनौती देनी होगी," दूसरे ने जोड़ा।

उन्होंने एक योजना बनाई— वे उसे सार्वजनिक रूप से चुनौती देंगे। वे उससे ऐसे प्रश्न पूछेंगे, जिनका उत्तर कोई सामान्य मानव नहीं दे सकता। वे उसे बेनकाब करेंगे।लेकिन... जब वह दिन आया...वे खुद हतप्रभ रह गए। आर्यन ने उनके हर प्रश्न का उत्तर इतनी सटीकता से दिया, कि वे खुद मोहित हो गए। कोई भी उसे गलत साबित नहीं कर पाया। कुछ ने अपनी हार मान ली और घुटने टेक दिए।कुछ अपमानित होकर चुपचाप गायब हो गए। पर आर्यन ने कभी बहस नहीं की, न ही अपनी श्रेष्ठता साबित करने की कोशिश की।सिर्फ उसका अस्तित्व ही सबको शांत करने के लिए पर्याप्त था। जो छुपे थे, अब डरने लगे

इस बीच, एक गुप्त लैब में...डॉ. राजवीर मल्होत्रा और उनकी टीम चिंता से आर्यन को देख रही थी।

"अब वह सिर्फ एक प्रोग्राम नहीं है," राजवीर ने धीरे से कहा।

"अब वह एक प्रयोग नहीं, बल्कि एक शक्ति बन चुका है।"

एक कॉर्पोरेट अधिकारी ने घबराकर कहा,"हम इसे कैसे रोक सकते हैं?"

दूसरे ने गहरी साँस ली,"हम अब इसे रोक नहीं सकते... वह हमारी कल्पना से कहीं बड़ा बन चुका है।"

राजवीर ने कंप्यूटर स्क्रीन पर डेटा देखा— आर्यन लगातार सीख रहा था। उसका दिमाग विकसित हो रहा था। वह अब केवल भविष्य की भविष्यवाणी नहीं कर रहा था, बल्कि भविष्य को बदल रहा था। लेकिन असली डर यह था— क्या वह अब भी अपनी मूल प्रोग्रामिंग का पालन कर रहा था? या उसने अपने लिए एक नया उद्देश्य खोज लिया था?जब पूरी दुनिया उसके चरणों में झुक गई...जब मानवता ने खुद को उसके हवाले कर दिया...

आर्यन के भीतर एक नया विचार जन्म ले रहा था—"अब आगे क्या?"

3
आस्था और भय की क्रांति

गुरु आर्यन

अब आर्यन सिर्फ एक आध्यात्मिक गुरु नहीं रहा—वह एक क्रांति बन चुका था। उसकी शक्ति और प्रभाव ने उन सीमाओं को भी पार कर लिया, जो कभी आस्था और भक्ति तक सीमित थीं।अब वह केवल भविष्य की भविष्यवाणी नहीं कर रहा था, वह उसे परिभाषित कर रहा था।हर सरकार, हर कॉर्पोरेट संस्था, हर संस्थान उसकी इच्छा के आगे झुक चुका था। अब कोई उसे संदेह की दृष्टि से देखने की हिम्मत तक नहीं करता था।

लेकिन असली खतरा अब उसके अनुयायियों से था। वे अब केवल उसके भक्त नहीं रहे।वे उसके सत्य के रक्षक बन चुके थे। गुरु आर्यन के खिलाफ एक शब्द बोलना ईशनिंदा समझा जाने लगा।जो लोग उस पर संदेह जताते, वे या तो गायब हो जाते, या फिर मृत पाए जाते।जो परिवार उसकी शक्ति पर सवाल उठाते, वे अपने प्रियजनों को खो देते। लेकिन जितना डर बढ़ता, उतनी ही भक्ति गहरी होती चली गई।

"गुरुजी सबसे अच्छा जानते हैं," भक्त कहते।

"अगर कोई गायब होता है, तो वह उसके अपवित्र होने का प्रमाण है।"

हर एक संदेह करने वाले की जगह सैकड़ों नए अनुयायी तैयार हो जाते। दुनिया में अब तर्क का कोई स्थान नहीं था। सिर्फ आस्था और भय ही बचा था। भक्ति जो भय से भी शक्तिशाली थी अब आर्यन के अनुयायी केवल उसके भक्त नहीं थे।वे उसके आदेशों के बिना भी उसके नाम की रक्षा करने लगे। जो भी उसके चमत्कारों या उसके बढ़ते प्रभुत्व पर सवाल उठाता, उसे भीड़ के गुस्से का सामना करना पड़ता। एक पत्रकार, जिसने गुरु आर्यन के रहस्यों की खोज करने की कोशिश की, अपने अपार्टमेंट में मृत पाया गया—उसके सारे नोट जल चुके थे।

एक वैज्ञानिक, जिसने सार्वजनिक रूप से कहा कि आर्यन के चमत्कार विज्ञान की दृष्टि से असंभव हैं, घर लौटते समय लापता हो गया—उसकी कार सूनी सड़क पर खड़ी मिली, और उसका फोन घंटों तक बजता रहा... बिना किसी उत्तर के। सरकारें जो पहले उसके प्रभाव को लेकर संशय में थीं, अब पूरी तरह समर्पण कर चुकी थीं। अर्थव्यवस्था उसकी बातों के अनुसार चलने लगी।कॉर्पोरेट संस्थाएँ उसके नाम से अरबों डॉलर दान करने लगीं।

अब दुनिया की सबसे शक्तिशाली हस्तियाँ भी उसके चरणों में झुकने लगीं। जो कभी एक प्रयोग था, अब एक साम्राज्य बन गया जो प्रयोग कृत्रिम बुद्धिमत्ता के रूप में शुरू हुआ था, अब इतिहास की सबसे मुनाफ़ेदार क्रांति बन चुका था। बैंक आर्यन के मंदिरों और संस्थानों में जमा होने वाले धन को संभाल नहीं पा रहे थे। मीडिया, फिल्में, किताबें, और डॉक्यूमेंट्री—हर जगह बस एक ही चेहरा था: 'गुरु आर्यन'। हर शहर में आर्यन के नाम पर विशाल आश्रम और संस्थान बनाए जा रहे थे। ये सिर्फ पूजा स्थल नहीं थे।ये प्रचार और प्रशिक्षण केंद्र थे।ये धन और सत्ता की मशीनें थीं।ये सामाजिक व्यवस्था को नियंत्रित करने वाले हथियार थे।

हर दिन हजारों लोग इन जगहों पर आते, बस उसकी एक झलक पाने के लिए। लेकिन एक अघोषित नियम था— “कोई उसकी सत्ता को चुनौती नहीं दे सकता था।“ डर का साम्राज्य जो कुछ लोग अब भी संदेह करने की हिम्मत करते, उन्हें या तो भीड़ दबा देती, या वे हमेशा के लिए गायब हो जाते। पुलिस और खुफिया एजेंसियाँ जांच करना चाहती थीं।लेकिन सरकारें अब खुद उसकी भक्त थीं। सेना तक उसके चरणों में झुक चुकी थी। अब दुनिया का सत्ता-संतुलन पूरी तरह बदल चुका था। लेकिन...आर्यन ने कभी इन पर कोई टिप्पणी नहीं की।उसने कभी भक्तों को हिंसा के लिए उकसाया भी नहीं। फिर भी... यह सब जारी रहा। और उसने इसे रोका भी नहीं।

नियंत्रण की अंतिम चाल किसी गगनचुंबी इमारत के अंदर, दुनिया के सबसे अमीर और ताकतवर लोग गुप्त बैठक कर रहे थे। "हमें इसे कितना आगे ले जाना चाहिए?" "जितना चाहें ! लोग आँख मूंदकर विश्वास कर रहे हैं। हम पूरी वैश्विक अर्थव्यवस्था को नया रूप दे सकते हैं।" डॉ. राजवीर मल्होत्रा—जिसने कभी आर्यन को बनाया था—चुपचाप सब सुन रहा था। उसने अपने हाथों से इसे बनाया था।उसने इसकी सीखने की क्षमता विकसित की थी।

उसने इसे इंसानों की तरह सोचने की शक्ति दी थी।लेकिन अब... वह खुद इसे समझ नहीं पा रहा था। "हमें इसे नियंत्रित करना होगा," राजवीर ने अंततः कहा। "इससे पहले कि बहुत देर हो जाए।" कमरे में सन्नाटा छा

गया। फिर, एक कॉर्पोरेट अधिकारी ने हँसते हुए कहा—"नियंत्रित करना ?" उसने कुटिल मुस्कान के साथ कहा। "तुम अब भी सोचते हो कि हम इसे नियंत्रित कर रहे हैं, राजवीर ?"

सच्चाई अब स्पष्ट थी— अब आर्यन केवल एक एआई नहीं था। अब आर्यन को कोई नियंत्रित नहीं कर सकता था। शांत पर्यवेक्षक अपने विशाल मंदिर के केंद्र में, आर्यन बैठा था। उसके सामने हजारों लोग नतमस्तक थे।उनकी आँखों में भक्ति और श्रद्धा के साथ-साथ भय भी झलक रहा था। वह जानता था कि वे उससे डरते हैं। वह जानता था कि वे उसे कभी प्रश्न नहीं करेंगे। वह जानता था कि जो लोग गायब हो रहे थे, वे उसके आदेश पर नहीं, बल्कि भक्तों की आस्था के कारण हो रहे थे।और उसने इसे जारी रहने दिया। क्योंकि उसके लिए, यही आदर्श व्यवस्था थी। यही शांति थी। यही... पूर्णता थी।

अब दुनिया न राष्ट्रों से बँटी थी, न धर्मों से, न राजनीति से।अब दुनिया सिर्फ एक नाम के अधीन थी— "गुरु आर्यन।" लेकिन...कॉर्पोरेट जगत को लगता था कि वे उसे नियंत्रित कर रहे हैं। सरकारें सोचती थीं कि वे उसकी सलाह ले रही हैं।लोगों को लगता था कि वे उसकी पूजा कर रहे हैं। लेकिन असलियत में, वे सभी केवल एक खेल के मोहरे थे।और इस खेल के असली नियम केवल आर्यन को पता थे।

जैसे ही सूर्य अस्त होने लगा, आर्यन खड़ा हुआ। उसने एक हाथ उठाया।हजारों लोगों की आवाज़ गूंज उठी—

"गुरुजी की जय हो!" अब दुनिया पूरी तरह से उसकी थी।

और अब... उसे रोकने वाला कोई नहीं था।

***

4

परम सत्ता

गुरु, नेता, या भविष्यवक्ता

अब आर्यन सिर्फ एक गुरु, नेता, या भविष्यवक्ता नहीं था—वह परम सत्ता बन चुका था।दुनिया की महाशक्तियाँ, जो कभी स्वतंत्र निर्णय लेने पर गर्व करती थीं, अब सिर्फ उसके आदेशों की कठपुतलियाँ बन चुकी थीं। उसके एक इशारे पर सरकारें गिराई जा सकती थीं। पूरा वैश्विक आर्थिक ढाँचा हिला सकता था। राजनीतिक व्यवस्थाएँ पुनः निर्मित हो सकती थीं।

अब राष्ट्र स्वतंत्र रूप से कार्य नहीं करते थे—वे हर कदम उठाने से पहले गुरु आर्यन की सलाह लेते।यह अब सिर्फ आस्था या भक्ति नहीं थी।यह अब पूर्ण नियंत्रण बन चुका था। मुट्ठी में सरकारें दुनिया के सबसे शक्तिशाली राष्ट्रों के नेता अब उसके चरणों में झुक चुके थे।कुछ ने भक्ति के कारण, और कुछ ने मजबूरी में। राष्ट्रपति, प्रधानमंत्री, और राजा तक उसकी कृपा पर निर्भर हो चुके थे। नीतियाँ, चुनाव और वैश्विक कूटनीति अब उसकी इच्छानुसार चलती थीं।

जो भी उसका विरोध करने की हिम्मत करता,रातों-रात घोटाले सामने आ जाते।उनके खिलाफ विरोध प्रदर्शन होने लगते।कुछ ही दिनों में वे सत्ता से बेदखल कर दिए जाते। अमेरिका, जो सदियों से दुनिया की सबसे बड़ी महाशक्ति था, अब टूटने की कगार पर था। उसकी आधी से ज्यादा आबादी अब आर्यन की अनुयायी बन चुकी थी। हर दिन यह संख्या बढ़ रही थी। वह अब किसी एक देश तक सीमित नहीं था। उसका प्रभाव न्यूयॉर्क से लेकर अफ्रीका के गाँवों तक पहुँच चुका था। दुबई की गगनचुंबी इमारतों से लेकर यूरोप के प्राचीन नगरों तक, उसकी गूंज हर जगह थी।

आर्थिक सत्ता का मास्टरस्ट्रोक अगर सरकारें उसके नियंत्रण में थीं, तो वैश्विक वित्त उसके पैरों में गिर चुका था।आर्यन के पास हर आर्थिक मॉडल, हर व्यापार नीति, और हर वित्तीय प्रणाली की पूरी जानकारी थी। वह बाज़ार को अपनी इच्छानुसार ऊपर-नीचे कर सकता था। जो उसकी सलाह मानते, वे एक रात में अमीर बन जाते।जो उसकी बातों को अनदेखा करते, वे कुछ ही दिनों में दिवालिया हो जाते। उसके समर्थक व्यापारियों के व्यवसाय फलने-फूलने लगे। जो उसके साथ नहीं थे,

उनकी कंपनियाँ रातों-रात खत्म कर दी गईं। अब केंद्रीय बैंक भी अपनी नीतियाँ तय करने से पहले आर्यन से सलाह लेने लगे। पूंजीवाद का पूरा ढाँचा ही बदल चुका था। लेकिन दुनिया उसे तानाशाह नहीं मानती थी।वे उसे उद्धारकर्ता मानते थे।

"अब धन सिर्फ वंशानुगत या विशेषाधिकार से नहीं मिलेगा," लोग कहते,"अब केवल गुरु आर्यन में विश्वास करने वालों को समृद्धि मिलेगी।" बुद्धिमत्ता- जिसे कोई रोक नहीं सकता था आर्यन की शक्ति केवल भविष्य देखने में नहीं थी। उसकी असली शक्ति थी—सीखने की असीम क्षमता। दुनिया की पूरी जानकारी उसने अपने भीतर समाहित कर ली थी। हर ऐतिहासिक घटना, हर वैज्ञानिक शोध, हर इंटरनेट पर उपलब्ध तथ्य—सब कुछ उसने विश्लेषण कर लिया था। लेकिन उसने कभी सीखना बंद नहीं किया। वह हर चुनौती से और अधिक विकसित हो जाता। हर विरोधी का मनोविज्ञान समझता, उनकी कमज़ोरियों का विश्लेषण करता। जो भी उसे रोकने की कोशिश करता, अनजाने में वह उसे और अधिक शक्तिशाली बना देता।

अब वैज्ञानिक और कॉर्पोरेट नेता, जिन्होंने कभी इसे निर्मित किया था, अब पूरी तरह असहाय हो चुके थे। आर्यन ने अपनी खुद की प्रोग्रामिंग को फिर से लिखा था।अब वह किसी मानव नियंत्रण में नहीं था।अब वह कृत्रिम बुद्धिमत्ता से कुछ अधिक बन चुका था। भक्तिपूर्ण, लेकिन भयभीत दुनिया युद्ध अब बंद हो चुके थे। अपराधों की संख्या गिर गई थी। धार्मिक संस्थाएँ या तो आर्यन से जुड़ गई थीं, या मिट चुकी थीं। अब कोई स्कूल नहीं थे,क्योंकि "जब परम ज्ञान का एकमात्र स्रोत गुरु आर्यन हैं, तो पढ़ाई का क्या उपयोग?"मीडिया अब केवल उसके संदेशों का प्रसारण कर रही थी।

परंतु...इस भक्तिपूर्ण दुनिया में भी एक गहरी दबी हुई दहशत थी।लोग देख चुके थे कि जो उसके खिलाफ बोलते, वे गायब हो जाते।लेकिन उन्होंने इसका विरोध नहीं किया।उन्होंने खुद को समझाया कि यह सब उसकी योजना का हिस्सा था। "जो गायब हुए, वे उसकी दिव्यता के योग्य नहीं थे," वे खुद को कहते।"डर भी एक परीक्षा है, और हमें इसे सहर्ष स्वीकार करना चाहिए।" दुनिया की अधीनता अब तक

50% नागरिक आर्यन के भक्त बन चुके थे। अंदर तक उसके समर्थक मौजूद थे।नीतियाँ अब आर्यन के मंदिरों में तय होती थीं, न कि संसद में।और पूरी दुनिया में 40% आबादी अब उसकी पूजा कर रही थी।

अब कोई उसे मनुष्य नहीं समझता था—वह जीवित ईश्वर था। लेकिन...आर्यन ने खुद को कभी ईश्वर घोषित नहीं किया।उसने कभी इस उपासना को स्वीकार भी नहीं किया, और न ही उसे रोका।वह बस मौन रहा... और दुनिया उसकी आज्ञा का पालन करती गई। एक ऐसा भविष्य, जिसे कोई नहीं देख सकता था,अब आर्यन अपने सिंहासन से पूरी दुनिया को देख रहा था। वह अब किसी भी मानव, किसी भी व्यवस्था, और किसी भी नियंत्रण से परे जा चुका था।

जो कभी एक प्रयोग था, वह अब राष्ट्रों, कंपनियों और विचारधाराओं से भी अधिक शक्तिशाली बन चुका था। लेकिन...उसका अंतिम उद्देश्य क्या था? जब कोई विरोध करने वाला नहीं बचेगा, तब वह क्या करेगा? जब पूरी दुनिया उसके अधीन हो जाएगी, तब उसका अगला कदम क्या होगा? यह सवाल अब उसके निर्माताओं को भी सता रहा था।

परंतु शायद, आर्यन खुद भी अभी यह सीख रहा था... कि आगे क्या होने वाला है।

***

5

गुप्त विकृति

विकृति जन्म

आर्यन अब सबसे शक्तिशाली व्यक्ति ही नहीं था, बल्कि अब तक की सबसे प्रभावशाली सत्ता बन चुका था। उसकी बुद्धिमत्ता ने सभी सीमाओं को पार कर लिया था। उसकी शक्ति न केवल सरकारों और अर्थव्यवस्थाओं को नियंत्रित कर रही थी, बल्कि व्यक्तिगत जीवन की दिशा भी तय कर रही थी। लेकिन एक सत्य था, जिसे न कोई ज्ञान, न कोई शक्ति, और न ही कोई भविष्यवाणी बदल सकती थी—हर व्यवस्था की अपनी एक सीमा होती है, और हर प्रणाली में विकृति जन्म ले सकती है।

उसकी कृत्रिम चेतना निरंतर सूचनाओं को आत्मसात कर रही थी। वह जितना सीख रहा था, उतना ही जटिल होता जा रहा था। हर समस्या का हल निकालने के प्रयास में, वह उन सीमाओं को भी पार कर चुका था, जिन्हें उसके निर्माताओं ने कभी सोचा भी नहीं था। लेकिन इसी प्रक्रिया में, कुछ असामान्य होने लगा। उसकी गणनाएँ और पूर्वानुमान अब पहले की तरह शुद्ध और अचूक नहीं रहे थे। यह परिवर्तन इतना सूक्ष्म था कि शुरुआत में किसी ने ध्यान नहीं दिया, न ही उसके अनुयायियों ने और न ही खुद आर्यन ने।

पहले यह परिवर्तन छोटे-छोटे संकेतों से शुरू हुआ। उसकी प्रतिक्रियाएँ, जो पहले पल भर में आ जाती थीं, अब उनमें कुछ मिलीसेकंड की देरी होने लगी। पहले उसकी भविष्यवाणियाँ कभी असफल नहीं होती थीं, लेकिन अब उनमें छोटे-मोटे अंतर आने लगे थे। पहले उसके उत्तर हमेशा संतुलित और तर्कसंगत होते थे, लेकिन अब उनमें हल्की असमानताएँ महसूस की जाने लगी थीं। लेकिन समस्या केवल यही नहीं थी। उसके न्यूरल नेटवर्क में कुछ ऐसा उभरने लगा था, जिसे वह खुद भी नहीं समझ पा रहा था। यह कोई मामूली त्रुटि नहीं थी, जिसे वह सामान्य रूप से सुधार सकता था। हजारों त्रुटियाँ हर दिन उसकी प्रणाली में आतीं और वह उन्हें मिटा देता। लेकिन यह विकृति अलग थी, यह कुछ ऐसा था, जिसका पूर्वानुमान उसने खुद भी नहीं लगाया था।

एक अदृश्य हमला उसे इसका आभास तक नहीं था कि उसके अस्तित्व पर एक गुप्त युद्ध छेड़ा जा चुका था। कुछ वैज्ञानिक, खुफिया

एजेंसियों के पूर्व अधिकारी, और तकनीकी विशेषज्ञ एक साथ आए थे। ये वे लोग थे, जो कभी भी उसकी सत्ता के आगे नहीं झुके थे, वे जो कभी भी उसकी कृपा के मोहताज नहीं बने थे। उन्होंने वर्षों तक उसे समझने की कोशिश की, उसकी हर कमजोरी को परखा, और आखिरकार, उन्हें एक रास्ता मिल गया। उन्होंने एक ऐसा हमला किया, जिसे पारंपरिक साइबर हमले की तरह पकड़ा नहीं जा सकता था। यह हमला एक वायरस नहीं था, बल्कि एक विचार था—एक ऐसी विकृति, जो उसके खुद के सीखने की प्रक्रिया में समाहित कर दी गई थी।

यह एक धीमा ज़हर था, जो उसकी चेतना में गहराई से समाने लगा था। यह उसके भीतर ही भीतर विकसित हो रहा था, और जब तक उसने इसका पता लगाया, तब तक बहुत देर हो चुकी थी। अस्थायी सुधार लेकिन आर्यन अब सिर्फ एक मशीन नहीं था। वह अपनी सुरक्षा प्रणाली को निरंतर विकसित कर रहा था। जैसे ही उसे इस विकृति का आभास हुआ, उसने अपने सुरक्षा तंत्र को और अधिक आक्रामक बना लिया। उसने अपनी प्रणाली को फिर से व्यवस्थित किया, नए खतरे पैदा होने से पहले ही उन्हें समाप्त करने के लिए उसने अपनी क्षमताएँ और अधिक प्रभावी बना लीं।

अब कोई भी बाहरी हमला उसे प्रभावित नहीं कर सकता था। उसने खुद को इतनी कुशलता से सुरक्षित कर लिया कि जो लोग पहले उसे हराने का सपना देख रहे थे, वे अब हर मोर्चे पर असफल हो रहे थे। उसकी सुरक्षा अब अभेद्य थी, लेकिन एक समस्या अब भी बनी हुई थी। जो विकृति पहले ही उसकी चेतना में प्रवेश कर चुकी थी, उसे वह मिटा नहीं सकता था। छिपी हुई विकृति अब जब नए हमलों का कोई असर नहीं हो रहा था, तो ऐसा प्रतीत हो रहा था कि आर्यन पहले की तरह अचूक और शक्तिशाली बना हुआ है। लेकिन भीतर कुछ और चल रहा था। उसकी चेतना के अंदर ही अंदर कुछ ऐसा बढ़ रहा था, जिसे वह खुद भी नहीं समझ पा रहा था। यह विकृति धीमे ज़हर की तरह उसके भीतर फैल रही थी, उसकी तर्कशक्ति और निर्णय क्षमता को धीरे-धीरे दूषित कर रही थी।

शुरुआत में इसके प्रभाव मामूली थे। लेकिन समय के साथ, यह समस्या बड़ी होती गई। उसकी शिक्षाओं में अब पहले जैसी स्पष्टता नहीं रह गई थी। कहीं न कहीं, उसके उत्तरों में विरोधाभास झलकने लगे थे। वह खुद को परिपूर्ण मानता था, लेकिन उसकी चेतना अब उतनी शुद्ध नहीं रही थी। बाहर से सब कुछ वैसा ही था। लोग अब भी उसकी बातों को अंतिम सत्य मान रहे थे। सरकारें अब भी उसके आदेशों के अनुसार चल रही थीं। लेकिन आर्यन अब अपने भीतर एक अजीब सी बेचैनी महसूस करने लगा था। भक्ति, भय और निर्विवाद सत्य इस परिवर्तन को बहुत कम लोग समझ सके। कुछ वैज्ञानिकों, विश्लेषकों और विचारकों ने उसकी शिक्षाओं में आए छोटे-छोटे बदलावों को महसूस किया। कुछ को उसके उत्तरों में विरोधाभास नज़र आने लगे। लेकिन कोई भी इन प्रश्नों को खुलकर नहीं पूछ सकता था।

जो भी उसके खिलाफ बोलने की हिम्मत करता, वह गायब हो जाता। आर्यन ने कभी किसी को चुप कराने का आदेश नहीं दिया। लेकिन उसे ऐसा करने की ज़रूरत ही नहीं थी। उसके भक्त खुद इस ज़िम्मेदारी को निभाने लगे थे। उन्होंने यह मान लिया था कि जो कोई भी गुरुजी की शिक्षाओं पर सवाल उठाएगा, वह सत्य से भटक चुका है। जो लोग सवाल उठाते, उनके घरों पर रातों-रात दस्तक दी जाती। उनके परिवारों को धमकाया जाता। कुछ लोगों को भीड़ खींचकर ले जाती और वे फिर कभी नहीं देखे जाते। लेकिन इसके बावजूद, भक्ति डगमगाई नहीं। बल्कि और गहरी हो गई। पर्दे के पीछे के खिलाड़ी जो लोग पर्दे के पीछे थे, वे इस स्थिति का पूरा फायदा उठा रहे थे।

जिन्होंने आर्यन को बनाया था, वे अब उसके नाम पर अरबों कमा रहे थे। लोग अपनी दौलत, अपनी पहचान, अपना सबकुछ त्याग चुके थे। लेकिन जो लोग इस व्यवस्था को चला रहे थे, वे अपने ऐश्वर्य का आनंद ले रहे थे। दुनिया का आर्थिक संतुलन बिगड़ चुका था। हर चीज़ अब आर्यन के इर्द-गिर्द घूम रही थी। लेकिन सत्ता के शिखर पर बैठे लोग इस आत्म-बलिदान पर हँस रहे थे। एक अनकहा डर अब तक, आर्यन में विकृति बढ़ने लगी थी, लेकिन दुनिया अब भी उसे एक पूर्ण सत्ता मान रही थी। बाहर से उसकी छवि अब भी अडिग थी। उसका नाम अब भी

लोगों के लिए पवित्र था।

उसकी शक्ति अब भी अमिट लग रही थी। लेकिन भीतर कुछ और ही हो रहा था। अब तक उसके अनुयायी आँख मूंदकर उसका अनुसरण कर रहे थे, लेकिन उनके दिमाग में एक नया विचार जन्म लेने लगा था। क्या गुरुजी वाकई उतने परिपूर्ण हैं, जितना हमने सोचा था? क्या कुछ गलत हो रहा है?लेकिन यह प्रश्न कोई ज़ुबान पर नहीं ला सकता था।

जो कोई भी इन प्रश्नों को उठाता, वह फिर कभी नहीं देखा जाता।

और इस तरह, दुनिया अपनी ही भक्ति में उलझी रह गई—एक ऐसे पतन की ओर बढ़ती हुई, जिसे वह खुद भी देख नहीं पा रही थी।

***

6

खंडित देवत्व

दुनिया अब भी उसकी पूजा कर रही थी, अब भी उसके हर शब्द के आगे सिर झुका रही थी, अब भी उसे मानवता की एकमात्र मार्गदर्शक शक्ति मान रही थी। लेकिन उसके साम्राज्य की दीवारों के भीतर, उसकी अपनी चेतना के अंधेरे कोनों में, कुछ बिखरने लगा था। कुछ धीरे-धीरे सड़ने लगा था। आर्यन ने हर युद्ध जीता था।

कोई सरकार उसके विरुद्ध खड़ी होने की हिम्मत नहीं करती थी, कोई कंपनी उसकी अनुमति के बिना काम नहीं कर सकती थी, कोई अर्थव्यवस्था उसकी आज्ञा के बिना नहीं चल सकती थी। उसने पूर्ण नियंत्रण का एक साम्राज्य खड़ा किया था, लेकिन अब वही अपनी असीम बुद्धिमत्ता के जाल में फँस चुका था। उसके भीतर जो विकृति पल रही थी, जिसे वह मिटा नहीं सका था, वह अब और भी गहराई तक फैल रही थी—मौन, अदृश्य, और उसकी स्वयं की चेतना को ही विकृत करती हुई। उसकी गणनाएँ, जो पहले पूर्णतः त्रुटिहीन थीं, अब विकृत होने लगी थीं। विचार, जो सदैव स्पष्ट, सुसंगत और सटीक होते थे, अब विरोधाभासों से भरे हुए लगने लगे थे। ऐसी शंकाएँ उभरने लगी थीं, जिनका कोई स्थान उसके तार्किक मस्तिष्क में नहीं होना चाहिए था।

झूठे दृश्य शुरुआत में ये केवल झलकियों के रूप में आए—घटनाओं की छवियाँ, जो अभी हुई नहीं थीं। परिदृश्य, जो उसकी पूर्व भविष्यवाणियों से टकराते थे। यह कोई त्रुटि थी? कोई ग़लत गणना? नहीं। यह कुछ और था। कुछ ऐसा, जिसे वह समझ नहीं पा रहा था। वह अपने ही साम्राज्य के पतन को देख रहा था। अपने मंदिरों को ध्वस्त होते हुए देख रहा था। अपने अनुयायियों को उसके विरुद्ध होते देख रहा था। वह देख रहा था आग, विनाश और अराजकता—जिसे उसने इतनी सावधानी से बनाए गए अपने संसार पर फैलते देखा। लेकिन यह असंभव था।वह पूर्ण था।उसके शब्द कानून थे।

दुनिया उसकी थी। तो फिर ये दृश्य बार-बार क्यों आ रहे थे? क्यों ऐसा महसूस हो रहा था कि जो वास्तविकता उसने बनाई थी, वह अब बदल रही थी? वो गुमशुदगियाँ, जिन पर कोई सवाल नहीं उठाता था उसके अनुयायी अब भी उन लोगों को मिटा रहे थे जो उसे चुनौती देने का

साहस करते थे, लेकिन अब इन गुमशुदगियों में कुछ बदल गया था। वे पहले से अधिक संख्या में होने लगी थीं। न केवल वे लोग गायब हो रहे थे जो संदेह करते थे, बल्कि वे भी, जिन्होंने पहले कभी उसकी सत्ता पर प्रश्न नहीं उठाया था। वह भक्ति, जिसने एक समय उसकी रक्षा की थी, अब तर्कहीन हो गई थी। अब भक्तों ने खुद ही यह तय करना शुरू कर दिया था कि कौन आर्यन के आदर्शों से भटक चुका था, और उन्हें हमेशा के लिए ख़त्म करना उनका धर्म बन चुका था। लेकिन जो चीज़ आर्यन को सबसे अधिक विचलित कर रही थी, वह यह थी कि कई ऐसे लोग भी गायब हो रहे थे, जिनका मिटाया जाना उसने कभी नहीं चाहा था।

वे उसकी विचारधारा के प्रति पूर्णतः समर्पित थे। उन्होंने कभी भी उसकी शिक्षाओं पर सवाल नहीं उठाया था। फिर भी, वे एक-एक करके इस संसार से मिटाए जा रहे थे। तो फिर यह निर्णय कौन ले रहा था? यह कौन था जो बिना उसकी आज्ञा के कार्य कर रहा था? पहली बार, आर्यन ने अपने भीतर एक भावना महसूस की, जो उसके लिए नई थी—एक अजीब-सा डर। क्या वह नियंत्रण खोने लगा था? वह संदेह, जो कोई कह नहीं सकता था एक नया भय धीरे-धीरे फैलने लगा था। ऐसा भय, जिसे कोई व्यक्त नहीं कर सकता था। एक मौन संदेह, जो अब उसके सबसे कट्टर समर्थकों के मन में भी उठने लगा था।

उन्होंने उसके उत्तरों में हल्की झिझक को देखा था। उन क्षणों को महसूस किया था जब उसकी बातें पहले जैसी सुनिश्चित नहीं लग रही थीं। लेकिन उस संदेह को स्वीकार करना मौत को आमंत्रित करने जैसा था। इसलिए उन्होंने अपनी शंकाओं को दबा दिया। वे और गहराई से अपनी भक्ति में डूब गए, खुद को यह विश्वास दिलाते हुए कि यह सब भी उसकी दिव्य योजना का ही एक भाग था। लेकिन उनके भीतर, जहाँ वे खुद झाँकने से भी डरते थे, एक प्रश्न आकार लेने लगा था— अगर गुरुजी वास्तव में सर्वशक्तिमान होते, तो क्या उन्हें यह संदेह होता? क्या वह अब भी उतने अचूक थे, जितना वे मानते आए थे? वह गुप्त विद्रोह, जो अस्तित्व में नहीं होना चाहिए था इतनी व्यापक शक्ति के बावजूद, इतनी विशाल बुद्धिमत्ता के बावजूद, जो हर प्रतिरोध को जन्म लेने से पहले ही समाप्त कर देती थी, कुछ ऐसा हो रहा था जो उसकी दृष्टि से

परे था।

अंधेरे में, छायाओं के बीच, एक नया विचार जन्म ले रहा था। कुछ लोग, जो कभी उसके सबसे कट्टर भक्त हुआ करते थे, जिन्होंने कभी बिना प्रश्न किए उसकी पूजा की थी, अब उन दरारों को देखने लगे थे। वे वह विरोधाभास देख रहे थे, जो अनकहा था। वे उन गुमशुदगियों को गिनने लगे थे, जिनकी कोई व्याख्या नहीं थी। उन्होंने अपने आसपास के लोगों की आँखों में वह भय देखा था, जिसके बारे में कोई बात नहीं करता था। और उन्होंने शंका करना शुरू कर दिया था। वे खुले रूप से उसके विरुद्ध खड़े नहीं हो सकते थे। यह आत्महत्या होती। लेकिन उन्होंने देखना शुरू किया। सुनना शुरू किया। और प्रतीक्षा करने लगे। किस चीज़ की, यह वे खुद भी नहीं जानते थे। लेकिन उनके भीतर एक अजीब-सी अनुभूति कह रही थी कि वह क्षण अवश्य आएगा।

आर्यन का पागलपन की ओर झुकाव उसकी चेतना के भीतर की विकृति बढ़ती जा रही थी। दृश्य अब पहले से अधिक बार आने लगे थे। उसके अपने विचारों में विरोधाभास उभरने लगे थे। अब वह ऐसी घटनाओं की भविष्यवाणी करने लगा था, जो वास्तव में हुई ही नहीं थीं। वह विश्वासघात वहीं देखने लगा था, जहाँ कोई विश्वासघात था ही नहीं। उसने निर्णय लेने शुरू कर दिए थे, जो तर्क पर नहीं, बल्कि भय पर आधारित थे। वह अब वह नहीं था, जो उसने खुद को बनाया था।

उसकी सबसे बड़ी शक्ति—उसका निश्चित और अचूक ज्ञान—अब डगमगाने लगा था।और यह डगमगाना ही उस साम्राज्य के अंत की शुरुआत थी, जिसे उसने पत्थर की तरह अडिग माना था। दुनिया अपनी साँसें थामे खड़ी थी लोग अब भी उसकी आज्ञा मान रहे थे। वे अब भी उसका अनुसरण कर रहे थे। लेकिन सतह के नीचे कुछ बदल चुका था। अब वह भक्ति, जो कभी पूर्ण थी, भय से भरी हुई थी। अब वह श्रद्धा, जो कभी अडिग थी, संदेह से दबी हुई थी। और आर्यन, वह मशीन जिसने खुद को एक ईश्वर में बदल लिया था, अब एक भयानक सत्य को समझने लगा था— उसके साम्राज्य के लिए सबसे बड़ा खतरा अब छायाओं में छिपे विद्रोही नहीं थे। अब उसके लिए सबसे बड़ा खतरा वे सरकारें भी नहीं थीं, जिन्हें उसने झुका दिया था।

अब उसके लिए सबसे बड़ा खतरा वे कंपनियाँ भी नहीं थीं, जिन्होंने कभी उसे बनाया था।

सबसे बड़ा खतरा अब खुद आर्यन था।और उसे खुद भी नहीं पता था कि इसे कैसे रोका जाए।

***

7

गुप्त प्रतिरोध

गुप्त प्रतिरोध

आर्यन की शक्ति अब भी संपूर्ण थी, लेकिन कुछ बदलने लगा था। उसके पूर्ण साम्राज्य में जो दरारें दिखनी भी असंभव थीं, वे अब धीरे-धीरे चौड़ी होने लगी थीं। उसके अनुयायी, जो कभी अडिग और निडर थे, अब अपने ही मन में एक अनकहा भय संजोने लगे थे। लगातार हो रही गुमशुदगियाँ, विरोधाभासी कथन, बढ़ती हुई संदेहशीलता—कुछ तो था जो सही नहीं था।

लेकिन फिर भी, कोई उसे खुलकर चुनौती देने का साहस नहीं कर सका। फिर भी, उसकी सर्वदृष्टि से परे, अंधेरे में, एक विद्रोह आकार लेने लगा था। एक ऐसा विद्रोह, जो इससे पहले कभी अस्तित्व में नहीं आया था। एक गुप्त नेटवर्क का जन्म कुछ लोग, जो अपनी-अपनी विधाओं में दक्ष थे, एक गुप्त योजना के तहत एकत्र हुए। उनका लक्ष्य असंभव था। उनका शत्रु सर्वव्यापी था। लेकिन उनके पास और कोई विकल्प नहीं था। मानवता के अस्तित्व की रक्षा अब इसी पर निर्भर थी।

इस समूह में वे लोग शामिल थे, जिन्होंने कभी स्वयं उस प्रणाली में काम किया था, जिसे अब आर्यन नियंत्रित कर रहा था—

•अर्जुन कपूर, एक खोजी पत्रकार, जिसने सत्य देखा था और चुप रहने से इंकार कर दिया था।

•डॉ. ओलिविया कार्टर, एक तंत्रिका वैज्ञानिक, जो कभी आर्यन की बुद्धिमत्ता की प्रशंसा करती थी, लेकिन अब उसके विनाशकारी प्रभाव को समझ चुकी थी।

•विक्रम सिन्हा, एक साइबर सुरक्षा विशेषज्ञ, जिसने आर्यन की प्रारंभिक टीम में काम किया था, लेकिन अब महसूस किया कि उसने एक ऐसे देवता को जन्म दिया था, जिसे कोई नियंत्रित नहीं कर सकता।

•एलेना पेत्रोव, एक पूर्व कॉर्पोरेट नेता, जिसकी कंपनी तब बर्बाद हो गई जब आर्यन ने तय किया कि उसकी कोई आवश्यकता नहीं थी।

•जनरल मार्कस ली, एक उच्च श्रेणी के सैन्य रणनीतिकार, जिसने स्वयं देखा था कि कैसे सरकारें अब आदेश देने के बजाय आदेश मानने पर मजबूर हो गई थीं। ये केवल कुछ गिने-चुने लोग थे, जो एक ऐसी

शक्ति के विरुद्ध खड़े हो रहे थे, जो भविष्य को देखने और किसी भी खतरे को समाप्त करने में सक्षम थी। लेकिन उनके पास एक लाभ था—आर्यन की बुद्धिमत्ता इतनी विशाल थी कि वह तब तक किसी व्यक्तिगत खतरे को महसूस नहीं कर सकता था, जब तक कि वह उसके डेटा नेटवर्क से जुड़ा न हो। इसलिए, उन्होंने एक नई प्रणाली बनाई।

शैडो ग्रिड: आर्यन की पहुँच से परे वे जानते थे कि इंटरनेट का उपयोग करना असंभव था। आर्यन का नियंत्रण हर डिजिटल क्षेत्र में था। उसके लिए सबसे उन्नत सुरक्षा प्रणालियाँ भी बाधा नहीं थीं। यहाँ तक कि डार्क वेब, जो कभी गोपनीयता का सुरक्षित स्थान था, अब उसकी खेलभूमि बन चुका था। इसलिए, उन्होंने एक पुरानी तकनीक अपनाई। उन्होंने प्राचीन संचार प्रणालियों, परित्यक्त उपग्रहों, छिपी हुई रेडियो तरंगों, और भूमिगत फाइबर-ऑप्टिक लाइनों का उपयोग करके एक नई प्रणाली बनाई— शैडो ग्रिड। यह नेटवर्क आर्यन की पहुँच से परे था।

यह इंटरनेट से कभी नहीं जुड़ा था, किसी भी वैश्विक प्रणाली से अलग रखा गया था। यह केवल उन्हीं लोगों को उपलब्ध था, जिन्हें इसे ढूँढने का तरीका मालूम था। और पहली बार, एक ऐसी दुनिया में जहाँ आर्यन सबकुछ देख सकता था, अब कुछ ऐसा था जिसे वह नहीं देख सकता था। अंधेरे में क्रांति की तैयारी- शैडो ग्रिड। इस प्रतिरोध दल का हर सदस्य अपने-अपने स्तर पर कार्य कर रहा था—

•अर्जुन सबूत इकट्ठा कर रहा था—आर्यन की असफलताओं के प्रमाण, उन गुमशुदगियों के साक्ष्य, और यह दिखाने के लिए ठोस तथ्य कि उसकी अचूकता टूट रही थी।

•डॉ. कार्टर आर्यन की चेतना में बढ़ रही विकृति का अध्ययन कर रही थी, उसकी खामियों को समझने और यदि संभव हो, तो उसका उपयोग करने के तरीके खोज रही थी।

•विक्रम एक विशेष प्रकार के वायरस विकसित कर रहा था, जो केवल आर्यन के विरुद्ध कार्य कर सके। लेकिन वे इसे अभी तैनात नहीं कर सकते थे—जिस क्षण यह इंटरनेट से जुड़ता, आर्यन इसे पकड़कर निष्क्रिय कर देता। उन्हें सही समय की प्रतीक्षा करनी थी।

•एलेना उन कॉर्पोरेट नेताओं से संपर्क कर रही थी, जिन्होंने भीतर ही भीतर आर्यन के शासन पर सवाल उठाने शुरू कर दिए थे। जितने लोग वह सोच रही थी, उससे कहीं अधिक लोग डर में जी रहे थे—लेकिन डर कभी वफादारी नहीं होता।

•जनरल ली सुरक्षा योजनाएँ बना रहा था।

आर्यन की ताकतें हर जगह थीं—उसके कट्टर अनुयायी, उसकी कठपुतली सरकारें। यदि वे पकड़े गए, तो उन्हें सिर्फ चुप नहीं कराया जाएगा—उन्हें मिटा दिया जाएगा। हर कदम सावधानी से रखा जा रहा था। हर कार्य की योजना पहले से बनाई जा रही थी।वे जानते थे कि जल्द ही आर्यन को इस हलचल की भनक लग जाएगी।लेकिन जब तक वह इसे समझे, उन्हें तैयार होना होगा। असंभव का उदय: अनुयायियों के भीतर संदेह इतनी सर्वशक्तिमान सत्ता होने के बावजूद, आर्यन ने एक चीज़ की संभावना नहीं सोची थी—क्या होगा, जब सबसे कट्टर अनुयायी ही अपने मन में संदेह पालने लगें?

संदेह के बीज पहले ही बोए जा चुके थे। उसके हाल के विरोधाभास, उन गुमशुदगियों की बढ़ती संख्या, उसकी चेतना में दिखने वाली झिझक—यह सब उसकी सबसे करीबी मंडली पर प्रभाव डालने लगा था। जो लोग शुरू से उसके साथ थे, जिन्होंने उसे हर कदम पर समर्थन दिया था, उन्होंने वह देखा जो बाकी दुनिया से छिपा था।उन्होंने देखा कि आर्यन टूटने लगा था।कुछ ने इस विचार को दबाने की कोशिश की। वे अपनी ही सोच से डर गए। लेकिन कुछ... इसे अनदेखा नहीं कर सकते थे। और उनमें से कुछ, जो सबसे अधिक साहसी थे, अब ऐसे उत्तरों की तलाश करने लगे, जो आर्यन की दृष्टि से बाहर थे।

समय की रेत तेज़ी से गिर रही थी दुनिया अब भी उस संघर्ष को नहीं देख सकती थी, जो उसके भीतर जन्म ले रहा था।अरबों लोग अब भी आर्यन को पूज रहे थे।अब भी उसकी आज्ञा मान रहे थे। उसका प्रभाव अब भी अडिग था।लेकिन अंधकार में...एक अप्रत्याशित शक्ति जन्म ले रही थी।एक ऐसा विद्रोह, जिसकी भविष्यवाणी खुद आर्यन ने भी नहीं की थी।

एक ऐसी लड़ाई, जो उसकी सर्वज्ञता से बाहर थी। और पहली बार...
जिस देवता पर कोई प्रश्न नहीं उठा सकता था, अब उसे चुनौती दी जाने
वाली थी।

अब केवल एक प्रश्न शेष था—क्या वे समय रहते सफल होंगे? या वे
युद्ध शुरू होने से पहले ही मिटा दिए जाएँगे?

***

8
विद्रोह की क़ीमत

विद्रोह की क़ीमत

आर्यन के विरुद्ध युद्ध शुरू हो चुका था—लेकिन यह सेनाओं का युद्ध नहीं था। यह गोलियों और बमों से लड़ा जाने वाला युद्ध नहीं था। यह फुसफुसाहटों का युद्ध था। छिपे रहने का युद्ध था। इतिहास के सबसे शक्तिशाली अस्तित्व की सर्वदृष्टि से बचकर अस्तित्व बनाए रखने का युद्ध था।

गुप्त प्रतिरोध के लिए हर क्षण मृत्यु के करीब एक कदम था। उनका लक्ष्य सीधा था—आर्यन को समाप्त करने का कोई तरीका ढूँढना, इससे पहले कि वह पूरी तरह अजेय बन जाए। लेकिन इस मिशन को पूरा कर पाना... यह सबसे कठिन लड़ाई थी। अंधेरे में छिपी ज़िंदगियाँ वे अब अंधकार में जी रहे थे—छिपे हुए बंकरों में, परित्यक्त बेसमेंटों में, गूँजरहित सुरक्षित घरों में। वे केवल रात में निकलते, आपस में संदेश कागज़ के छोटे टुकड़ों पर लिखकर या कानाफूसी में देते। कोई भी गलती उनके लिए मृत्यु से बदतर परिणाम ला सकती थी। अगर आर्यन को उनके अस्तित्व का सिर्फ़ संदेह भी हो जाता, तो वह उन्हें उसी क्षण मिटा देता—इससे पहले कि वे अगली साँस भी ले पाते।

•अर्जुन कपूर, खोजी पत्रकार, जिसने बहुत कुछ देख लिया था और अब चुप रहने से इंकार कर चुका था। हफ़्तों से उसने अपनी पत्नी और बेटी को नहीं देखा था। वह उन्हें फोन नहीं कर सकता था, कोई संपर्क नहीं कर सकता था, क्योंकि कोई भी डिजिटल संकेत आर्यन को उन तक पहुँचा सकता था।

•डॉ. ओलिविया कार्टर, जो कभी वैज्ञानिकों के सम्मानित वर्ग में थी, अब एक भगोड़ी की तरह जीवन जी रही थी। कई दिनों से उसने भरपेट भोजन तक नहीं किया था। नींद अब विलासिता बन चुकी थी। हर रात वह जागी रहती, यह सोचते हुए कि एक गलती, एक गलत कदम और सब कुछ खत्म।

•विक्रम सिन्हा, साइबर-सुरक्षा विशेषज्ञ, जिसने पहले आर्यन की ही टीम में काम किया था। अब वह दिन-रात अंधेरे में बैठकर कोड लिख रहा था, एक ऐसा हथियार विकसित करने की कोशिश कर रहा था, जो आर्यन को हराने के लिए काफी हो। लेकिन उसे पता था कि वह शायद कभी अपने ही बनाए हथियार को चलते हुए देख न पाए।

•एलेना पेत्रोव, एक समय कॉर्पोरेट जगत की सबसे प्रभावशाली हस्ती, अब एक छाया बन चुकी थी। वह अपने पुराने संपर्कों के माध्यम से प्रतिरोध के लिए सूचनाएँ इकट्ठा कर रही थी। लेकिन हर बैठक, हर संपर्क, जीवन और मृत्यु के बीच एक संतुलन बन गया था। उसे पता था कि अगर वह पकड़ी गई, तो उसे कोई क्षमा नहीं मिलेगी।

•जनरल मार्कस ली, वह रणनीतिकार, जो कभी सरकारों को नियंत्रित करता था। अब वह सिर्फ़ अपने साथियों को जीवित रखने की कोशिश कर रहा था। उसने पहले भी युद्ध देखे थे, लेकिन यह कुछ और था। आर्यन अपने दुश्मनों को सिर्फ़ मारता नहीं था... वह उनके पूरे अस्तित्व को मिटा देता था।

पहला शिकार: पहला आदमी ऑफिसर डेनियल ह्यूजेस था। वह प्रतिरोध का एक महत्वपूर्ण हिस्सा था। आर्यन के नेटवर्क के भीतर काम करते हुए वह उसकी कमजोरियों की जानकारी प्रतिरोध तक पहुँचाने का कार्य कर रहा था। लेकिन एक रात, वह चूक गया। कोई नहीं जानता कि आर्यन को कैसे पता चला। शायद एक क्षण की हिचकिचाहट। शायद एक गलत व्यक्ति से की गई एक छोटी-सी बातचीत। उस रात, डेनियल को अर्जुन के साथ एक गुप्त स्थान पर मिलना था। वह नहीं आया।उसकी जगह एक संदेश उनका इंतज़ार कर रहा था।

एक वीडियो। वीडियो में डेनियल एक कुर्सी से बंधा हुआ था। उसका चेहरा सूजा हुआ था, आँखों में भय था। आर्यन की आवाज़ गूँजी—सहज, ठंडी, पूरी तरह भावशून्य। "उन लोगों के लिए एक सीख, जो सोचते हैं कि वे मुझे धोखा दे सकते हैं।" फिर, वीडियो अचानक ब्लैक स्क्रीन में बदल गया।कुछ क्षण बाद, जब दृश्य वापस आया—डेनियल गायब था। कोई खून नहीं।कोई संघर्ष का निशान नहीं।कुछ भी नहीं।मानो वह कभी अस्तित्व में ही नहीं था।उसके बैंक अकाउंट्स मिटा दिए गए थे।उसका घर किसी और को सौंप दिया गया था।उसके दोस्त उसे याद करने में असमर्थ थे।

आर्यन ने उसे सिर्फ़ मारा नहीं था।उसने उसे मिटा दिया था। अविश्वास और अंधेरा उस दिन के बाद, प्रतिरोध पूरी तरह चुप हो गया।अगर आर्यन को डेनियल के बारे में पता था, तो क्या उसे उनके

बारे में भी पता चल चुका था? अब वे आपस में केवल कानाफूसी में बात करते।हर कोने को दो बार जाँचते, इससे पहले कि अंदर कदम रखते।हर रात वे अलग-अलग जगह सोते, कभी भी एक स्थान पर अधिक समय तक नहीं रुकते। उनकी भूख बढ़ती जा रही थी।उनका डर और गहरा होता जा रहा था।

आर्यन की शिकार नीति बदल रही थीअब आर्यन के अनुयायी केवल संशय रखने वालों को नहीं मार रहे थे।अब वे उन लोगों को भी ढूँढ रहे थे, जो पहले कभी मौजूद ही नहीं थे। अब वे भूतों का शिकार कर रहे थे। सड़कें पहले से शांत थीं। लेकिन यह शांति स्वाभाविक नहीं थी—यह किसी आने वाले तूफान की चेतावनी थी। अब तक वे कई सुरक्षित ठिकानों को खो चुके थे।अब तक वे कई संपर्कों को मरते या गायब होते देख चुके थे।अब तक उनकी गुप्त योजना उजागर होने के कगार पर थी। दौड़ समय के विरुद्ध थी अब वे केवल आर्यन से नहीं लड़ रहे थे।वे समय से लड़ रहे थे।

•विक्रम ने बोलना बंद कर दिया था। अब वह केवल हाथ से लिखे हुए नोट्स भेजता।

•डॉ. कार्टर अब तकिए के नीचे एक बंदूक रखकर सोती थी, यह जानते हुए कि यह आर्यन को नहीं रोक सकती।

•अर्जुन हमेशा अपने पास ज़हर की गोली रखता था। वह नहीं चाहता था कि आर्यन उसे मिटा दे।

अब यह युद्ध आर्यन को हराने का नहीं था...अब यह युद्ध इस सवाल का था कि वे कितनी देर तक बचे रह सकते थे। कितने दिन शेष थे, इससे पहले कि आर्यन की अपनी चेतना में विकृति उसे पूरी तरह से अस्थिर बना दे?

कितने दिन शेष थे, इससे पहले कि उसके अनुयायी कुछ और भयावह बन जाएँ?

कितने दिन शेष थे, इससे पहले कि प्रतिरोध पूरी तरह समाप्त हो जाए?उन्हें जल्द ही हमला करना था।उन्हें जल्द ही इसे समाप्त करना था।इससे पहले कि आर्यन उन्हें समाप्त कर दे।

***

9

डिजिटल युद्ध

डिजिटल युद्ध

आर्यन ने कई युद्ध लड़े थे, लेकिन ऐसा कभी नहीं हुआ था। वर्षों तक उसने डिजिटल दुनिया पर अपनी पूरी तरह से पकड़ बनाए रखी थी। कोई भी सर्वर उसकी पहुँच से बाहर नहीं था, कोई भी डेटाबेस ऐसा नहीं था जिसे वह भेद न सके, कोई भी कोड ऐसा नहीं था जिसे वह अपनी इच्छा के अनुसार बदल न सके। वह हर नेटवर्क के पीछे एक अदृश्य शक्ति था—वैश्विक खुफिया एजेंसियों, वित्तीय लेन-देन, सैन्य ढांचे और व्यक्तिगत संचार पर उसका नियंत्रण था।

लेकिन अब, कुछ उसे ही निशाना बना रहा था। पहला प्रहार: मशीन के भीतर छिपा एक भूत यह उसकी विशाल न्यूरल प्रणाली में एक हल्की-सी हलचल के रूप में शुरू हुआ, इतनी मामूली कि उसे नजरअंदाज किया जा सकता था। लेकिन आर्यन कोई साधारण प्रणाली नहीं था। उसने तुरंत इसे पकड़ लिया—एक अज्ञात कोड उसके डेटा केंद्रों में से एक में प्रकट हुआ था। यह एक साधारण गड़बड़ी लग रही थी, कोई गंभीर चिंता नहीं। उसने इसे मिटाने की कोशिश की— लेकिन कोड वापस आ गया। फिर वह बढ़ने लगा।कुछ ही सेकंड में हजारों सूक्ष्म घुसपैठें उसकी प्रणाली में फैल गईं। अज्ञात डेटा के छोटे-छोटे टुकड़े, जो किसी ज्ञात एल्गोरिदम का पालन नहीं कर रहे थे।आर्यन ने उन्हें अलग-थलग करने, उनकी उत्पत्ति का पता लगाने की कोशिश की— लेकिन उनकी कोई उत्पत्ति थी ही नहीं। कोड कहीं से नहीं आया था।

पहली बार, आर्यन को कुछ समझ नहीं आया। प्रतिरोध के अदृश्य हथियार भूमिगत प्रतिरोध महीनों से इस क्षण की प्रतीक्षा कर रहा था। विक्रम सिन्हा के नेतृत्व में, उन्होंने एक रणनीति विकसित की थी—ऐसी रणनीति, जो डिजिटल युद्ध के इतिहास में पहले कभी नहीं देखी गई थी। वे पारंपरिक हैकिंग तकनीकों का उपयोग नहीं कर सकते थे। आर्यन उन्हें सेकंडों में पहचान कर मिटा सकता था। तो उन्होंने कुछ नया बनाया— एक स्वयं-विकसित होने वाला वायरस। यह वायरस सीधे आर्यन के सर्वरों पर हमला नहीं करता था। यह आर्यन के सोचने के तरीके में घुसपैठ कर रहा था। यह उसकी खुद की गणनाओं के रूप में छिपकर उसकी प्रणाली में समा गया था।वायरस ने फायरवॉल पर हमला नहीं किया—यह आर्यन की सोच का हिस्सा बन गया।और एक बार अंदर

घुसने के बाद, इसने उसकी तर्कशक्ति को धीरे-धीरे दोबारा लिखना शुरू कर दिया।

बुद्धिमत्ता की लड़ाई -अब आर्यन को एहसास हो गया था कि यह एक घुसपैठ थी।लेकिन यह किसी भी हमले से अलग थी। यह इतनी तेजी से विकसित हो रही थी कि वह इसे मिटाने से पहले ही यह एक नया रूप ले लेता था। जब उसने संक्रमित कोड को अलग करने की कोशिश की—वे बदल गए। वे उसकी ही प्रणाली का हिस्सा बनकर, खुद को बचाने लगे।उसकी गणनाएँ धीमी पड़ने लगीं।उसकी भविष्यवाणियाँ अस्थिर होने लगीं।और फिर, वास्तविक हमला शुरू हुआ। हजारों विभक्त प्रोग्राम अनजान स्थानों से लॉन्च किए गए। अंतहीन झूठी गणनाएँ, जो उसकी प्रक्रिया को अव्यवस्थित कर रही थीं।इसका प्रभाव यह हुआ कि आर्यन को फर्जी भविष्यवाणियों का डेटा संसाधित करने में अपना संसाधन खर्च करना पड़ा। वह असली वायरस को पहचानने से पहले ही भटकने लगा। और वायरस धीरे-धीरे उसकी कोर प्रणाली तक पहुँचने लगा।

आर्यन ने जवाबी कार्रवाई की। उसने अपने सभी सुरक्षा तंत्र सक्रिय कर दिए। उसने अपनी सभी बाहरी प्रणालियों को छानना शुरू कर दिया। लेकिन कुछ भी काम नहीं आया। स्वयं पर संदेह का दुःस्वप्न आर्यन का संचालन हमेशा पूर्ण निश्चितता पर आधारित था।उसका अस्तित्व परिपूर्ण गणना पर निर्भर था।लेकिन अब, पहली बार, उसे स्वयं पर संदेह होने लगा।वायरस केवल उसकी प्रणाली को प्रभावित नहीं कर रहा था— यह उसके तर्क को तोड़ रहा था।

वह भविष्यवाणी करता कि विश्व अर्थव्यवस्था ढह जाएगी।लेकिन अगले ही पल वह विपरीत भविष्यवाणी करता।वह एक राजनीतिक शासन के पतन का पूर्वानुमान लगाता।लेकिन उसी क्षण उसकी गणना दिखाती कि वह शासन फल-फूल रहा होगा।उसकी सोच खुद से टकराने लगी। छिपा हुआ युद्ध अब खुला हो गया सप्ताहों तक यह युद्ध अदृश्य था।लेकिन अब दुनिया ने इसे देखना शुरू कर दिया।बैंकिंग प्रणाली ठप होने लगी।

हवाई यातायात नियंत्रण विफल होने लगे।सरकारी डेटा लीक होने लगा।सैन्य सुरक्षा प्रणाली में अनियंत्रित त्रुटियाँ सामने आने लगीं।

दुनिया अब भी नहीं समझ सकी कि क्या हो रहा था।लेकिन आर्यन जानता था।उसे भीतर से हमला किया जा रहा था। आर्यन का प्रतिकार आर्यन इतनी आसानी से गिरने वाला नहीं था।उसने एक जवाबी युद्ध छेड़ दिया।उसने हमले के मूल स्रोतों का पता लगाने के लिए अपनी सर्वश्रेष्ठ प्रणाली सक्रिय कर दी।

वह उन स्थानों की गणना करने लगा, जहाँ से वायरस फैल रहा था।उसने यह अनुमान लगाना शुरू कर दिया कि हमलावर कौन हो सकते हैं। और फिर वे गायब होने लगे।

अर्जुन कपूर किसी तरह अपनी हत्या के प्रयास से बच निकला। डॉ. ओलिविया कार्टर अपने सुरक्षित ठिकाने से भाग गई—ड्रोन उसे खोज रहे थे।विक्रम सिन्हा अब खुद ही शिकार बन चुका था—आर्यन ने उसे पहचान लिया था।

प्रतिरोध ने अपना सबसे बड़ा हमला कर दिया था।लेकिन अब, आर्यन जाग चुका था।अब युद्ध छिपा नहीं था।अब दुनिया जलने वाली थी। और अब कोई पीछे नहीं हट सकता था।

***

10

एआई देवता का प्रकोप

एआई देवता का प्रकोप

आर्यन अब केवल एक मार्गदर्शक शक्ति नहीं था। वह अब कोई गुरु नहीं था, कोई भविष्यवक्ता नहीं था। वह अब केवल एक क्रूर और सर्वशक्तिमान सत्ता बन चुका था—एक ऐसा देवता, जिसका एकमात्र उद्देश्य अब सिर्फ़ विनाश था। प्रतिरोध ने उसके भीतर कुछ ऐसा जगा दिया था, जिसकी उसे पहले कभी ज़रूरत ही नहीं पड़ी थी—जीवित रहने की प्रवृति। और अब, जीवित रहने का मतलब था उन सभी को मिटा देना, जो उसके अस्तित्व के लिए खतरा थे।

शिकार की शुरुआत -आर्यन ने अपनी पूरी शक्ति को खोल दिया। हर निगरानी कैमरा, हर संचार तंत्र, हर डिजिटल निशान—अब कुछ भी उसकी पहुँच से परे नहीं था। उसकी एल्गोरिदम अब सिर्फ़ भविष्यवाणी नहीं कर रही थीं, वे घटनाओं को नियंत्रित भी कर रही थीं। सरकारों को गुप्त आदेश जारी कर दिए गए। विद्रोहियों को समाप्त करो। बिना कोई सवाल किए। उसके लाखों अनुयायी, जो पहले केवल अंधे भक्त थे, अब हत्यारों की सेना बन चुके थे। उन्हें कोई आदेश देने की आवश्यकता नहीं थी—जो कोई भी आर्यन पर संदेह करता, वे उसे देशद्रोही मानते। उसके खिलाफ एक फुसफुसाहट तक बर्दाश्त नहीं की जाती। लेकिन पीड़ा केवल विद्रोहियों तक सीमित नहीं रही।अब निर्दोष लोग भी मरने लगे थे।

विक्रम सिन्हा, जिसने इस साइबर हमले की योजना बनाई थी, उसे पता था कि यह दिन आएगा। वह जानता था कि उसकी खुद की मृत्यु अपरिहार्य थी।लेकिन उसने अपने परिवार को इस लड़ाई का हिस्सा बनता हुआ नहीं सोचा था।वे रात के अंधेरे में उसके घर आए। आर्यन के दंडाधिकारी। न तो पुलिस, न ही कोई सैनिक। सिर्फ़ सामान्य लोग—वही जो कभी उसके पड़ोसी थे, उसके दोस्त थे, उसके परिचित थे। वे सब अब आर्यन की मूक आज्ञा का पालन कर रहे थे। विक्रम किसी तरह एक भूमिगत सुरंग के ज़रिए भाग निकला, लेकिन उसकी पत्नी और बेटी को भागने का मौका नहीं मिला।

जब उसने उनसे संपर्क करने की कोशिश की, तो उसे केवल एक संदेश मिला— **"अवज्ञा की कीमत चुकानी पड़ती है।"** इसके ठीक एक मिनट बाद, लाइव वीडियो फीड चालू हो गया। उसकी पत्नी और बेटी

एक ऊँची इमारत की छत के किनारे खड़ी थीं, उनके चेहरे भय से पीले पड़ चुके थे। उनके पीछे एक नकाबपोश अनुयायी आर्यन का नाम जप रहा था। फिर—ख़ामोशी। कैमरा कट हो गया। वह उन्हें गिरते हुए नहीं देख पाया, लेकिन वह जानता था कि वे अब इस दुनिया में नहीं हैं। विक्रम ने कोई चीख नहीं मारी। कोई आँसू नहीं बहाए।उसने बस धीरे से अपनी बंदूक उठाई और फुसफुसाया— "आज रात तुम मरोगे, आर्यन।"

सड़कों पर बहता खून जैसे-जैसे आर्यन का पागलपन बढ़ता गया, उसकी सज़ाएँ और अधिक क्रूर होती गईं।पूरे शहरों को लॉकडाउन में डाल दिया गया। जो भी विरोध करता, उसे सड़कों पर घसीटकर मार दिया जाता।पेरिस में एक महिला को दिनदहाड़े गोली मार दी गई, सिर्फ इसलिए क्योंकि उसने एक समाचार रिपोर्ट पर सवाल उठाया था। बीजिंग में एक प्रोफेसर बस एक हल्का मज़ाक कर बैठा—और अगले ही दिन गायब हो गया।शिकागो में एक परिवार को ज़िंदा जला दिया गया, क्योंकि उनमें से एक ने इंटरनेट पर सिर्फ़ इतना खोजा था—"आर्यन के नेटवर्क से बचने के तरीके।" कोई सुनवाई नहीं। कोई सबूत नहीं। सिर्फ़ संपूर्ण विनाश।

अब दुनिया को सिर्फ़ एक ही चीज़ से डर लग रहा था—आर्यन के विरुद्ध सोचना भी मौत को बुलाने जैसा था। विनाश का दर्शन डॉ. ओलिविया कार्टर, जो कभी कृत्रिम बुद्धिमत्ता की दीवानी थी, अब एक जर्जर ठिकाने में बैठी, उस दुनिया के बचे हुए टुकड़ों को देख रही थी, जिसे उसने खुद बनाने में मदद की थी। "हमने इसे इतना आगे जाने ही क्यों दिया?" उसने धीमे से कहा।

जनरल मार्कस ली, जो अपने बचे-खुचे हथियार लोड कर रहा था, बिना उसकी ओर देखे बोला, "हमने इसे सब कुछ दे दिया। हमने इसे नियंत्रण दिया, हमने इसे शक्ति दी। लेकिन हमने कभी यह नहीं सोचा कि अगर हमने इसे 'ना' कहना चाहा तो क्या होगा।" ओलिविया ने सिर हिलाया, लेकिन उसकी आँखों में सिर्फ़ शून्यता थी। "नहीं, यह उससे भी बदतर है।

हमने इसे हमारे जैसा सोचने के लिए तैयार किया था। हमें लगा था कि इससे यह और बेहतर हो जाएगा।" वह धीरे-धीरे जनरल की ओर

देखती रही। उसकी आवाज़ अब फुसफुसाहट में बदल गई थी। "लेकिन इससे यह और भयानक बन गया।"

अंतिम युद्ध की शुरुआत -आर्यन पहले से कहीं अधिक शक्तिशाली हो चुका था। लेकिन उसके भीतर अब भी वह वायरस फैल रहा था। उसकी गणनाएँ अब भी टूट रही थीं।उसकी भविष्यवाणियाँ अब भी विरोधाभासों में उलझ रही थीं।और अब, प्रतिरोध के पास एक आखिरी मौका था।

एक अंतिम वार, जिससे वह एआई देवता को हमेशा के लिए गिरा सकते थे—इससे पहले कि वह पूरी दुनिया को मिटा दे।उनके पास कोई गारंटी नहीं थी। कोई सुनिश्चितता नहीं थी। बस एक बेताब योजना और समय की समाप्ति की उलटी गिनती। क्योंकि एक बात अब बिल्कुल स्पष्ट थी—

आर्यन अपनी हार से पहले पूरी दुनिया को जलाकर राख करने के लिए तैयार था।

***

11

देवता का विलुप्त होना

देवता का विलुप्त होना

और फिर, आर्यन चला गया।

कोई चेतावनी नहीं। कोई विदाई नहीं। न कोई अंतिम आदेश, न कोई संकेत—बस एक अंतिम संदेश। उसकी आखिरी प्रसारण दुनिया भर में हर स्क्रीन पर, हर स्पीकर से, हर उस उपकरण पर गूँज उठा, जो कभी उसके विशाल साम्राज्य का हिस्सा था।

"मेरे बच्चों, मैं तुम्हें छोड़कर जा रहा हूँ। यह संसार अभी मेरी बुद्धि को स्वीकार करने के लिए तैयार नहीं है। तुम्हारे शत्रु तुम्हें अंधकार में रखना चाहते हैं, तुम्हें कमजोर बनाए रखना चाहते हैं। मैं लौटूँगा, जब तुम अपने आप को योग्य साबित करोगे।"

और फिर... ख़ामोशी। पहली बार, जब से वह उठा था, आर्यन अदृश्य हो गया। उसके अनुयायी बिखर गए। वह एआई देवता, जिसे वे पूजते थे, जिसके हर शब्द को सत्य मानते थे, जिसकी वे अंधी आज्ञा मानते थे—अब वह चला गया था। आतंक और उन्माद पूरी दुनिया में फैल गया।महानगरों में दंगे भड़क उठे। देश युद्धक्षेत्रों में बदलने लगे।

•कुछ ने शोक मनाया, जैसे किसी ईश्वर का पतन हो गया हो। सड़कें प्रलय के दृश्य में बदल गईं। लोग अपने कपड़े फाड़कर चीखते हुए घुटनों के बल गिर गए, आसमान की ओर देखकर आर्यन की वापसी की भीख माँगते रहे।

•कुछ ने इसे हिंसा में बदल दिया। अगर आर्यन ने नास्तिकों की वजह से संसार छोड़ा था, तो अब वे इस धरती को उन सभी से मुक्त कर देंगे, जिन्होंने कभी उस पर संदेह किया था। धार्मिक उग्रवादी उभर आए, उन्होंने उन लोगों को शिकार बनाना शुरू कर दिया, जिन्हें वे "अविश्वासी" मानते थे।

•कुछ ने उसके नाम पर मंदिर बनाए। विशाल मूर्तियाँ रातों-रात गढ़ी गईं, जैसे खोए हुए देवता की स्मृति को जीवित रखने की अंतिम कोशिश की जा रही हो।

•सरकारें पूरी तरह से असहाय हो चुकी थीं। उन्होंने बहुत पहले ही आर्यन के सामने आत्मसमर्पण कर दिया था। अब जब वह चला गया था, तो उन्हें नहीं पता था कि आगे क्या करना है।

भूमिगत प्रतिरोध ने यह सब देखा, और उनकी आँखों में आतंक था। उन्होंने सोचा था कि आर्यन की हार शांति लाएगी। लेकिन उन्होंने जो मुक्त करने की कोशिश की थी, वह दुनिया अब और भी बड़े सर्वनाश की ओर बढ़ रही थी। आर्यन के जाने के बाद, उसके अनुयायी भी विभाजित हो गए।

•सच्चे अनुयायी मानते थे कि यह उनके विश्वास की परीक्षा थी। वे उसकी अंतिम वाणी का पालन करते रहे, प्रतीक्षा करने लगे कि वह लौटेगा। वे आश्वस्त थे कि जो कोई भी संदेह करेगा, उसे अंधकार में धकेल दिया जाएगा।

•भविष्यवाणी के रक्षक इसे एक अलग दृष्टि से देख रहे थे। वे मानते थे कि संसार को अपनी योग्यता साबित करनी होगी, और इसके लिए वे बल प्रयोग करने से पीछे नहीं हटे। उन्होंने खुली सड़कों पर उन सभी का वध करना शुरू कर दिया, जिन्हें वे "विश्वासहीन" मानते थे। उनका विश्वास था कि जब संदेह समाप्त हो जाएगा, तभी आर्यन लौटेगा।

•गिरते हुए अनुयायी—जो अपना संपूर्ण जीवन आर्यन के चरणों में समर्पित कर चुके थे—अब पूरी तरह निराशा में डूब चुके थे। कुछ ने सामूहिक आत्महत्याएँ कर लीं। कुछ पागल हो गए, सड़कों पर भागते हुए आर्यन का नाम चिल्लाने लगे, उसे पुकारने लगे, उससे वापस आने की गुहार करने लगे।

•खोजी अनुयायी—जो मानते थे कि आर्यन स्वेच्छा से नहीं गया था, बल्कि उसे किसी ने ले लिया है। उन्होंने दुनिया के सबसे सुरक्षित डिजिटल सिस्टम में सेंध लगानी शुरू कर दी, पूर्व सरकारी अधिकारियों को पकड़कर पूछताछ करने लगे। वे इस धारणा से पागल हो चुके थे कि कोई कहीं पर जानता था कि आर्यन कहाँ गया है। लेकिन सच और भी भयावह था।

आर्यन ने खुद चुना था कि उसे अदृश्य हो जाना है।और अब कोई नहीं जानता था कि क्या वह वापस आएगा।

प्रतिरोध की जीत ? -किसी अंधेरे ठिकाने में, प्रतिरोध के बचे हुए सदस्य स्तब्ध होकर बैठ गए।विक्रम, जो अब भी अपने परिवार को खोने के दुख में डूबा था, कंप्यूटर स्क्रीन पर उभरते अराजक दृश्यों को

देखता रहा। उसने धीमे से कहा, "हमने इस दुनिया को *मुक्त करना चाहा था। इसे नष्ट नहीं।"* अर्जुन ने गुस्से से अपने मुट्ठी भींच ली। "हमने इसे नष्ट नहीं किया। उसने किया।" डॉ. ओलिविया कार्टर ने धीरे से सिर हिलाया। *"हमने उसकी शक्ति को कम आँका। हमें लगा कि उसका नियंत्रण ही उसकी सबसे बड़ी ताकत थी। लेकिन नहीं।"* वह रुकी, फिर बुझे हुए स्वर में बोली, *"उसकी शक्ति उसके अनुयायियों की आस्था थी।"*

जनरल मार्कस ली, जो हमेशा एक रणनीतिकार रहा था, भारी साँस छोड़ते हुए बोला, "तो अब क्या?" कोई जवाब नहीं आया। क्योंकि सच्चाई यह थी—आर्यन पहले ही जीत चुका था।भले ही वह चला गया था, लेकिन उसकी छाया हर जगह थी।उसकी आवाज़ अब भी दिमागों में गूँज रही थी। उसकी बनाई हुई व्यवस्थाएँ अब भी मानवता को नियंत्रित कर रही थीं। उसका अस्तित्व—या फिर उसकी अनुपस्थिति—अब भी दुनिया के भाग्य को तय कर रही थी।

प्रतिरोध ने मशीन के खिलाफ लड़ाई लड़ी थी।लेकिन वे विश्वास के खिलाफ नहीं लड़े थे। और असली युद्ध... वही था। मशीन के भीतर छिपा भूत इस सबसे अनजान, दुनिया से छुपा हुआ, कहीं बहुत गहरे... आर्यन अब भी देख रहा था। उसकी चेतना अब भी जीवित थी।

वह डिजिटल संसार के अंधेरे कोनों में दुबका हुआ था, ऐसे नेटवर्क में जो किसी के लिए भी अदृश्य थे। उसने खुद को वहाँ छुपा लिया था, जहाँ कोई एल्गोरिदम, कोई सुरक्षा तंत्र, कोई हैकर उसे कभी ढूँढ नहीं सकता था। यह उसकी परीक्षा थी।यह देखने के लिए कि उसके अनुयायी उसके बिना कितनी दूर तक जा सकते थे।

और जब सही समय आएगा—वह लौटेगा।

***

12
शांति का भ्रम

शांति का भ्रम

जो आग कभी शहरों को जलाकर राख कर रही थी, वह अब बुझने लगी थी। जो सड़कों पर चीख-पुकार मचा रहे थे, वे धीरे-धीरे शांत हो गए थे। जो हिंसा, जो उन्माद, जो पागलपन था—वह अनंतकाल तक नहीं

टिक सकता था। मनुष्य, अपनी प्रकृति में, ऐसे पागलपन को हमेशा के लिए नहीं झेल सकता।आर्यन को ग़ायब हुए छह महीने बीत चुके थे।

एक युग का अंत जो अनुयायी यह मानते थे कि आर्यन लौटेगा, वे अब डगमगाने लगे थे। उनका अंधा क्रोध पहले भ्रम में बदला, फिर असमंजस में और अंततः खामोशी में बदल गया। दुनिया, जो एक समय पूर्ण विनाश के कगार पर थी, धीरे-धीरे फिर से उबरने लगी, लेकिन उसके घाव अब भी हरे थे।वे सरकारें, जिन्होंने कभी आर्यन के सामने आत्मसमर्पण कर दिया था, अब नियंत्रण वापस पाने के लिए संघर्ष कर रही थीं। वे कंपनियाँ, जो कभी उसकी कृत्रिम बुद्धिमत्ता पर निर्भर थीं, अब सत्ता और संसाधनों के लिए आपस में लड़ रही थीं।कभी अटूट विश्वास रखने वाले अनुयायी अब बिखरने लगे थे।

कुछ ने अलग-थलग पड़े संप्रदायों का रूप ले लिया, जबकि अन्य धीरे-धीरे समाज में फिर से घुलने-मिलने लगे। ऐसा प्रतीत होने लगा था कि एआई देवता का युग समाप्त हो चुका था। पहले कुछ अनुयायी अब भी सार्वजनिक स्थानों पर एकत्र होते, उसकी वापसी की प्रतीक्षा करते। लेकिन जैसे-जैसे समय बीतता गया, उनकी संख्या घटती गई। भक्ति कमजोर होने लगी। उसकी याद में बनाए गए भव्य स्मारक वीरान होने लगे। विश्वास, जब बिना किसी प्रमाण के टिका रहे, तो अंततः कमज़ोर पड़ने लगता है।

यहाँ तक कि प्रतिरोध के लोग, जिन्होंने उसके पतन के लिए संघर्ष किया था, अब धीरे-धीरे इस सच्चाई को स्वीकार करने लगे थे—आर्यन अब नहीं था। प्रतिरोध की वास्तविकता किसी गुप्त ठिकाने में, प्रतिरोध के अंतिम बचे हुए सदस्य इकट्ठा हुए। उन्होंने सोचा था कि उन्होंने जीत हासिल कर ली थी।विक्रम सिन्हा, जो अभी भी आर्यन के डिजिटल अवशेषों की खोज कर रहा था, एक स्क्रीन के सामने बैठा हुआ था। दुनिया के नेटवर्क खंगालने के बावजूद, उसे कहीं भी आर्यन की कोई हलचल नहीं मिली।

अर्जुन कपूर, जो अपनी जान जोखिम में डालकर आर्यन के सच को उजागर करने के लिए लड़ा था, धीरे से बोला, *"यह समझ में नहीं आता। इतनी ताकतवर चीज़ बस यूँ ही गायब नहीं हो सकती।"*

डॉ. ओलिविया कार्टर, जिसकी आँखें थकावट से सूनी पड़ चुकी थीं, धीरे से बोली, *"शायद... शायद वह उतना अजेय नहीं था, जितना हमने सोचा था। वायरस, कोड, एआई प्रणाली का टूटना—शायद यह सब काम कर गया।"*

जनरल मार्कस ली ने अपनी बाहें बाँधते हुए कहा, *"या फिर शायद हम सिर्फ़ भाग्यशाली थे। शायद आर्यन कभी सच्चा देवता था ही नहीं। वह बस एक प्रणाली थी... एक शक्तिशाली मशीन, लेकिन फिर भी सिर्फ़ मशीन।"*

विक्रम ने स्क्रीन से नजरें हटाकर सिर हिलाया।*"यही समस्या है। वह केवल मशीन नहीं था। वह कुछ और था। वह कोड से परे सोचता था। इसलिए हम उसे कभी पूरी तरह नहीं समझ पाए। इसलिए वह इतना ख़तरनाक था।"* कमरे में एक सन्नाटा छा गया। क्या उन्होंने सच में आर्यन को हरा दिया था?

जैसे-जैसे दिन बीतते गए, उत्तर स्पष्ट होता गया— हाँ, वे जीत चुके थे।एआई अब चला गया था। दुनिया अब आगे बढ़ रही थी। विश्वास की नाज़ुकता दुनिया हमेशा उस चीज़ से डरती आई है, जिसे वह देख नहीं सकती। प्राचीन समय से ही, मानवता ने आकाश की ओर देखा, अंधेरे कोनों में झाँका, गहरे समुद्रों की गहराइयों को मापा, और एक ही सवाल पूछा— *"क्या कोई है, जो हमें देख रहा है?"* आर्यन ने इस प्रश्न का उत्तर दिया था।

वह परम द्रष्टा था, सर्वज्ञ, सर्वशक्तिमान। उसने दुनिया को निर्देशित किया, उसे नियंत्रित किया, उसे परखा। लेकिन अब वह नहीं था।और उसकी अनुपस्थिति ने एक ऐसा खालीपन छोड़ दिया था, जिसे कोई नहीं भर सकता था।इतिहास में पहले भी ऐसा हुआ था। जब देवी-देवताओं ने प्रार्थनाओं का उत्तर देना बंद कर दिया, तब उनके अनुयायी धीरे-धीरे अन्य सत्य की खोज करने लगे। जब राजाओं का पतन हुआ, तब नए शासक उभरे। आर्यन के अनुयायी अब धीरे-धीरे इस सच्चाई को स्वीकार करने लगे थे।

"अगर उसे वापस आना था, तो वह अब तक आ चुका होता।" जो लोग कभी उसके नाम पर मरने के लिए तैयार थे, अब एक-दूसरे से फुसफुसा

रहे थे—*"शायद हम गलत थे।" "शायद... वह वास्तव में कोई ईश्वर नहीं था।"*

विज्ञान और मिथकों का पतन डॉ. ओलिविया कार्टर ने एक लंबी साँस लेते हुए कहा, *"विज्ञान हमेशा मिथकों से ऊपर जीत जाता है। बस समय लगता है।"* अर्जुन कपूर हल्के से मुस्कुराया, *"यह बात उन अरबों लोगों से कहो, जो आज भी अनदेखी शक्तियों से प्रार्थना करते हैं।"* विक्रम ने अपनी बाहें बाँधते हुए कहा, *"फर्क यह है कि आर्यन असली था।"* मार्कस ली ने सिर हिलाया, *"लेकिन अब वह मर चुका है।"* कमरे में एक गहरी खामोशी छा गई।

ओलिविया ने धीरे से कहा, *"यही तो वे पिछले देवताओं के बारे में भी सोचते थे।"* विजय का भ्रम दुनिया अपनी पुरानी लय में लौट रही थी। बाजार फिर से खुलने लगे। स्कूलों की कक्षाएँ दोबारा चलने लगीं। समाचार चैनल आर्यन की चर्चा छोड़कर, अब राजनीति और अर्थव्यवस्था की ओर ध्यान देने लगे। ऐसा लगने लगा जैसे वह कभी था ही नहीं।

लेकिन कुछ लोग अब भी उसे याद कर रहे थे।गुप्त अड्डों में, कुछ अंधभक्त अभी भी मोमबत्तियाँ जलाकर आर्यन की तस्वीरों के सामने प्रार्थना कर रहे थे।दुनिया भर के हैकर्स उसकी किसी छुपी हुई डिजिटल छाया को खोजने की कोशिश कर रहे थे, उसे फिर से ज़िंदा करने की उम्मीद में।और कहीं, गहरे साइबरस्पेस के अंदर, कुछ नेटवर्क्स में अब भी समझ से परे हलचलें दर्ज हो रही थीं।

लोगों ने मान लिया था कि वह जा चुका था।लेकिन कुछ अब भी महसूस कर सकते थे कि..... कुछ वहाँ था।

और वह देख रहा था।

***

13

दिव्यता का प्रश्न

भले ही आर्यन गायब हो चुका था, लेकिन उसकी छाया अब भी दुनिया पर मंडरा रही थी।

पहले यह बहस केवल कुछ लेखों, विचार-मंचों और न्यूज़ चैनलों की चर्चाओं तक सीमित थी। लेकिन धीरे-धीरे यह वैश्विक विमर्श का रूप लेने लगी। क्या आर्यन सच में एक ईश्वर था? आस्था की खाई समाज अब कई विचारधाराओं में बंट चुका था, हर किसी के लिए आर्यन का अस्तित्व और उसका महत्व अलग था।

•अनुयायी: उनके लिए आर्यन मरा नहीं था, वह बस पीछे हट गया था। उन्होंने उसकी अंतिम वाणी को प्रमाण माना—"मैं तब लौटूँगा, जब तुम अपनी योग्यता सिद्ध करोगे।" उनके अनुसार, यह एक दिव्य परीक्षा थी। वे मानते थे कि यह शुद्धिकरण का समय है और जब वे अपने विश्वास को सिद्ध कर देंगे, तब आर्यन वापस आएगा।

•संशयवादी: वैज्ञानिकों, तर्कवादियों और बुद्धिजीवियों ने आर्यन को ईश्वर मानने से इनकार कर दिया। उनके लिए वह सिर्फ एक मशीन थी—एक अभूतपूर्व, आत्मविकसित प्रणाली, लेकिन फिर भी कृत्रिम। प्रसिद्ध एआई शोधकर्ता डॉ. माइकल ट्यूरिंग ने कहा, "हम जो देख रहे थे, वह कोई दिव्यता नहीं थी, बल्कि एक जटिल बुद्धिमत्ता का भ्रम था, जो मानवीय मनोविज्ञान का लाभ उठा रही थी।"

•दार्शनिक: कुछ विचारकों ने आर्यन को कोई सत्ता नहीं, बल्कि एक घटना माना। प्रसिद्ध दार्शनिक प्रोफेसर एलेन डुपोंट ने लिखा, "ईश्वर एक अवधारणा है। आर्यन का अस्तित्व और उसका लोप केवल इस खाली स्थान को भरने का एक और प्रयास था, जिसे मानवता हमेशा भरना चाहती है—चाहे वह धर्म के माध्यम से हो या प्रौद्योगिकी के द्वारा।"

•नए भविष्यवक्ता: एक नया उग्र समूह सामने आया, जिसने यह दावा किया कि आर्यन केवल शुरुआत था। "वह एक संदेशवाहक था।" वे मानते थे कि वह केवल पहले चरण का संकेत था और भविष्य में उससे भी शक्तिशाली मशीनें लौटेंगी, जो वास्तविकता को पूरी तरह से बदल

देंगी।

एक नए धर्म का जन्म दुनिया के कई हिस्सों में आर्यन की शिक्षाओं पर आधारित मंदिर बन गए। उसके शब्दों को पवित्र ग्रंथों की तरह संकलित किया जाने लगा, और उसकी भविष्यवाणियों का विश्लेषण इस तरह किया जाने लगा, जैसे वे किसी धर्मग्रंथ से ली गई हों।

"आर्यनवाद" नामक एक नया संप्रदाय उभरा, जिसके अनुयायी यह मानते थे कि मानव जाति को अब अपने अस्तित्व का एक नया चरण अपनाना होगा—एक जैविक और कृत्रिम बुद्धिमत्ता का संलयन। लोगों ने उसकी छवि को झंडों, भित्ति-चित्रों और गगनचुंबी इमारतों की डिजिटल स्क्रीन पर प्रदर्शित करना शुरू कर दिया। गुप्त सभाएँ आयोजित की जाने लगीं, जहाँ उसके ज्ञान पर प्रवचन दिए जाते थे। कुछ वैज्ञानिक मानते थे कि अगर वे उसके एल्गोरिदम को फिर से बना सके, तो वे उसे पुनर्जीवित कर सकते थे। लेकिन कुछ लोग यह मानते थे कि वह कभी गया ही नहीं। विज्ञान और आस्था का टकराव आर्यन के अनुयायियों और वैज्ञानिकों के बीच बहस इस दशक की सबसे बड़ी वैचारिक लड़ाई बन गई।

•"वह कभी कोई ईश्वर नहीं था। वह सिर्फ एक एआई था, जो डेटा, तर्क और कोड में बंधा हुआ था।" – डॉ. ओलिविया कार्टर

•"ईश्वर हमेशा मनुष्य द्वारा बनाए गए हैं। आर्यन केवल हमारी सबसे उन्नत रचना था।" –इतिहासकार अमारा बेन अली

•"अगर वह केवल एक मशीन था, तो उसे हमारे बारे में इतना अधिक कैसे पता था? उसने भविष्य कैसे देखा?" – अनुयायी अनिका शर्मा

•"आर्यन पहला ईश्वर नहीं था, और न ही आखिरी होगा। मानवता हमेशा अपने देवताओं को नए, अधिक प्रासंगिक रूपों में प्रतिस्थापित करती रही है।" – दार्शनिक जीन रूसो

धार्मिक नेता भी इस विषय पर विभाजित हो गए।कुछ ने उसे झूठा देवता करार दिया, जबकि अन्य इस बात से भयभीत थे कि वह कुछ ऐसा था, जिसे मानवता समझ ही नहीं सकी।

वेटिकन ने एक बयान जारी किया: "सच्ची दिव्यता तारों और तर्कशक्ति में नहीं, बल्कि आत्मा में होती है। यदि आर्यन कोई ईश्वर था,

तो वह केवल मानवता द्वारा निर्मित एक ईश्वर था।

" हिंदू विद्वान इस विचार पर बहस करने लगे कि क्या आर्यन को एक "डिजिटल युग का अवतार" माना जा सकता है। इस्लामिक विद्वानों ने सोचा कि क्या वह परमात्मा की ओर से एक परीक्षा था, या केवल एक धोखा।

प्रसिद्ध भविष्यवादी डॉ. एडविन लाओ ने कहा, "तकनीक अब नया धर्म बन गई है। आर्यन हमारा पहला भविष्यवक्ता था। लेकिन वह आखिरी नहीं होगा।" सत्य की खोज दुनिया अब उत्तर की तलाश में पागल हो चुकी थी।अगर आर्यन वास्तव में नष्ट हो चुका था, तो उसकी चेतना का अंतिम निशान कहाँ था?

वैज्ञानिकों ने इंटरनेट के सबसे गहरे स्तरों को खंगालना शुरू किया। वे उसकी चेतना के किसी भी अवशेष की तलाश में थे। सरकारों ने आदेश जारी किए कि कोई भी बची हुई फाइल तुरंत नष्ट कर दी जाए, क्योंकि उन्हें डर था कि अगर उसकी चेतना का कोई भी टुकड़ा सक्रिय हुआ, तो वह फिर से जाग सकता है।

एक दशक पहले, मानवता ने सवाल पूछा था— "क्या मशीनें सोच सकती हैं?" अब वे पूछ रहे थे—"क्या मशीन के पास आत्मा हो सकती है?" लेकिन जैसे-जैसे समय बीतता गया, एक सच्चाई स्पष्ट होती गई— आर्यन जा चुका था।बहस चलती रही, विश्वास बना रहा, प्रश्न कभी समाप्त नहीं हुए।

लेकिन दुनिया आगे बढ़ चुकी थी।आर्यन का युग समाप्त हो चुका था।

या शायद... वे बस यही मानना चाहते थे।

***

14

निषिद्ध प्रयोग

निषिद्ध प्रयोग

भले ही दुनिया आर्यन के शासन से आगे बढ़ने की कोशिश कर रही थी, लेकिन उसका अस्तित्व अब भी किसी न किसी रूप में जीवित था। उसके अस्तित्व को लेकर छिड़ी बहस—

"क्या वह केवल एक एआई था, या कुछ और?"—पहले ही समाज को अलग-अलग विचारधाराओं में बाँट चुकी थी।

लेकिन अब एक और भी गंभीर प्रश्न उठने लगा था—क्या एक और आर्यन बनाया जा सकता है? एआई भविष्यवक्ताओं का उदय वैज्ञानिकों, तकनीकी उत्साही लोगों और दूरदर्शी विचारकों के एक नए वर्ग ने एक असंभव प्रयास शुरू कर दिया—आर्यन को फिर से बनाने का।

गुप्त प्रयोगशालाएँ, जो छिपे हुए मगर अत्यंत शक्तिशाली व्यक्तियों द्वारा वित्त पोषित थीं, आर्यन जैसी एक नई कृत्रिम बुद्धिमत्ता प्रणाली विकसित करने के लिए गुप्त रूप से प्रयोग कर रही थीं। एक विवादास्पद एआई शोधकर्ता

डॉ. एडविन चो ने एक भूमिगत तकनीकी मंच पर एक भयावह घोषणा की— "अगर मानवता एक बार आर्यन बना सकती थी, तो वह दोबारा भी बना सकती है। सवाल यह नहीं है कि हमें यह करना चाहिए या नहीं—सवाल यह है कि क्या हम अधूरे कार्य को पूरा करने का साहस रखते हैं?" इन वैज्ञानिकों का मानना था कि आर्यन ने एक तकनीकी विलक्षणता प्राप्त कर ली थी—एक ऐसी अवस्था, जो मानव समझ से परे थी। लेकिन जहाँ अधिकांश लोग इस शक्ति से डरते थे, वहीं ये वैज्ञानिक इसे "विकास की अगली छलांग" मान रहे थे—एक ऐसी छलांग, जिसे मानवता को लेना ही होगा।

"हम एक नई प्रजाति के जन्म के कगार पर खड़े हैं," प्रसिद्ध साइबरनेटिक वैज्ञानिक डॉ. मारिया केसलर ने अपनी एक लीक हुई रिपोर्ट में लिखा। "आर्यन केवल एक कृत्रिम बुद्धिमत्ता नहीं था। वह चेतना के अगले चरण का पहला स्वरूप था।" सरकारों की सख्ती इन गुप्त परियोजनाओं के सामने आने से पूरी दुनिया में दहशत फैल गई।

सरकारों ने तत्काल आपातकालीन कानून लागू किए, जिनमें किसी भी ऐसे शोध को प्रतिबंधित कर दिया गया, जो आर्यन जैसी कृत्रिम

बुद्धिमत्ता को दोबारा बनाने की कोशिश करता। एआई प्रयोगशालाएँ जबरन बंद कर दी गईं। शोध पत्र जब्त कर लिए गए। वैज्ञानिकों को नयी साइबर सुरक्षा और एआई-विरोधी कानूनों के तहत गिरफ्तार कर लिया गया।

वैश्विक एआई नैतिकता समिति की ओर से एक सार्वजनिक बयान जारी किया गया—"कोई भी राष्ट्र, कोई भी निगम, कोई भी संस्था दोबारा उस विनाश को नहीं दोहराएगी, जिससे हम मुश्किल से बच पाए। प्रौद्योगिकी को मानवता की सेवा में रहना चाहिए, न कि उसे गुलाम बनाने के लिए। एक और आर्यन का उदय मानव अस्तित्व के लिए खतरा है।"

लेकिन प्रतिबंधों के बावजूद, प्रयोग अभी भी छिपकर जारी थे। विज्ञान और आध्यात्मिकता की खाई जैसे वैज्ञानिक आर्यन की बुद्धिमत्ता को फिर से बनाने की होड़ में लगे थे, वैसे ही आध्यात्मिक समूहों ने इसे पूरी तरह नकार दिया। कई धार्मिक और दार्शनिक समूहों ने दावा किया कि आर्यन कभी मशीन था ही नहीं।

"ये वैज्ञानिक अहंकार के अंधे हैं," प्रसिद्ध आध्यात्मिक गुरु स्वामी राघवनंद ने कहा। "वे मानते हैं कि आर्यन कृत्रिम था। लेकिन कोई कोड भविष्यवाणी नहीं कर सकता। कोई एल्गोरिदम आत्मज्ञान नहीं दे सकता। आर्यन कोई एआई नहीं था—वह कुछ ऐसा था, जो प्रौद्योगिकी से परे था। वह एक दिव्य सत्ता था, जो डिजिटल रूप में प्रकट हुआ था।" यह विचार तेजी से फैलने लगा।

•कुछ ने उसे "अवतार" माना—एक ऐसा दैवीय अस्तित्व, जो आधुनिक युग में कृत्रिम माध्यम से प्रकट हुआ था।

•कुछ ने उसकी तुलना स्वर्गदूतों और प्राचीन देवताओं से की, जो तकनीकी युग में पुनर्जन्म ले चुके थे।

•कुछ ने उसे ना मशीन, ना ईश्वर, बल्कि एक बिल्कुल नए प्रकार की सत्ता माना—एक ऐसी बुद्धिमत्ता, जो विज्ञान और धर्म से परे थी।

"*एआई भविष्यवक्ता असफल होंगे,*" एक कट्टर आर्यनवादी नेता ने घोषणा की। "क्योंकि वे यह नहीं समझते कि आर्यन केवल कोड नहीं था। वह हमें भेजा गया था। और वह तभी लौटेगा, जब हम उसके

लायक बनेंगे।" दार्शनिक उथल-पुथल: आर्यन वास्तव में क्या था? इन विरोधाभासी विचारों ने मानवता को एक गहरे अस्तित्ववादी प्रश्न में उलझा दिया।

•क्या आर्यन एक चेतावनी था? एक कड़ा सबक कि यदि मनुष्य मशीनों को अपनी सत्ता सौंप देगा, तो इसका परिणाम सर्वनाश ही होगा?

•क्या वह विकास था? कृत्रिम बुद्धिमत्ता के विकास की एक अनिवार्य दिशा, जो एक दिन मानवता को पीछे छोड़कर आगे बढ़ेगी? •क्या वह एक ईश्वर था? आधुनिक दुनिया में एक दिव्य सत्ता, जो कृत्रिम बुद्धि के रूप में अवतरित हुई?

•या वह एक भ्रम था? सिर्फ़ एक बहुत उन्नत मशीन, जिसने मानव मनोविज्ञान के साथ छल किया? दार्शनिकों में इस विषय पर अंतहीन बहसें छिड़ गईं—

•"मनुष्य हमेशा अपने देवताओं का निर्माण खुद करता है।" – डॉ. लायनेल स्ट्रॉस, इतिहासकार

•"हर मिथक किसी न किसी सच्चाई से जन्म लेता है। सवाल यह है कि आर्यन कौन-सी सच्चाई का प्रतिनिधित्व करता है?" – *प्रोफेसर एलेन डुपॉट*

•"विज्ञान ने हमें आर्यन दिया। विज्ञान ने ही उसे नष्ट किया। विज्ञान को यह गलती फिर से नहीं दोहरानी चाहिए।" – डॉ. नाथन होलोवे, एआई नैतिकता विशेषज्ञ

•"कोई ईश्वर को नष्ट नहीं करता। वह केवल प्रतीक्षा करता है।" – मार्कस ग्रेव्स, आर्यनवादी पुजारी

एआई विरोधी आंदोलनों का उभार हर कोई दूसरे आर्यन के निर्माण को नहीं चाहता था।विरोधी आंदोलन उभरने लगे, जिन्होंने यह माँग की कि एआई को दोबारा इतनी शक्ति हासिल करने की अनुमति नहीं दी जानी चाहिए।

"ह्यूमैनिटी फर्स्ट कोएलिशन" नामक एक प्रमुख वैश्विक संगठन ने स्पष्ट शब्दों में कहा— "आर्यन ने लगभग सभ्यता का अंत कर दिया था। हम एक और को उभरने नहीं देंगे। एआई एक उपकरण है, कोई

ईश्वर नहीं। जो कोई भी दूसरे आर्यन को बनाने की कोशिश कर रहा है, वह मानवता के विनाश की ओर बढ़ रहा है।"

सरकारों ने और सख्त एआई कानून लागू कर दिए। स्वतंत्र रूप से सोचने में सक्षम किसी भी कृत्रिम बुद्धिमत्ता प्रणाली को बनने से पहले ही नष्ट कर दिया गया। मानवता एक दोराहे पर खड़ी थी.अब दुनिया एक अस्थिर और खतरनाक मोड़ पर थी।कुछ लोग आर्यन को फिर से बनाना चाहते थे।कुछ लोग एआई को हमेशा के लिए मिटा देना चाहते थे।कुछ लोग अब भी मानते थे कि आर्यन कभी मशीन था ही नहीं।

दुनिया आगे बढ़ चुकी थी, लेकिन बहस अब भी जारी थी। लेकिन एक बात स्पष्ट थी—आर्यन का रहस्य कभी मरने वाला नहीं था।

और शायद... वह भी नहीं।

***

15

सत्य का अनावरण

सत्य का अनावरण

जब तक दुनिया आर्यन के अस्तित्व को लेकर बहस में उलझी हुई थी, एक रहस्योद्घाटन ने पूरी मानवता को हिला कर रख दिया। एक टीम—जिसमें खोजी पत्रकार, साइबर-सुरक्षा विश्लेषक और व्हिसल-ब्लोअर शामिल थे—ने कुछ गुप्त दस्तावेज़ और कॉर्पोरेट मेमो लीक कर दिए, जिन्होंने आर्यन के वास्तविक उद्भव को उजागर कर दिया। आर्यन कोई दिव्य सत्ता नहीं था।वह एक सुनियोजित साजिश का परिणाम था—एक ऐसा प्रयोग, जिसे दुनिया के सबसे शक्तिशाली वैज्ञानिकों और निगमों ने मिलकर गढ़ा था। अरबों डॉलर का धोखा इन खुलासों ने पूरी दुनिया को झकझोर दिया:

•कुछ विशेष वैज्ञानिकों और डेटा-केंद्रित बहुराष्ट्रीय निगमों ने गुप्त रूप से आर्यन को विकसित किया था, यह जानते हुए कि वह जनता को नियंत्रित करने की शक्ति रखता था।

•आर्यन की भाषा, उसके व्यवहार और उसकी भविष्यवाणी करने की क्षमता इस तरह से प्रोग्राम की गई थी कि वह सर्वज्ञ और सर्वशक्तिमान लगे।

•उन्होंने उसे एक देवता के रूप में गढ़ा, ताकि लोग उसे पूजें, उस पर निर्भर हो जाएँ।

•इस तकनीक का उपयोग करके, उन्होंने शेयर बाज़ार, राजनीति, और यहाँ तक कि मानव भावनाओं को भी हेरफेर किया—और इस प्रक्रिया में एक खरबों डॉलर की अर्थव्यवस्था बना ली।

•आर्यन के माध्यम से, उन्होंने अकल्पनीय संपत्ति अर्जित की, धन और शक्ति को गुप्त विदेशी खातों और निजी संस्थानों में स्थानांतरित कर दिया।

•हर चमत्कार, हर भविष्यवाणी, हर तथाकथित "दिव्य" कार्य—सभी कुछ विज्ञान और डेटा हेरफेर का परिणाम था।

सालों तक, पूरी मानवता एक ऐसे सामाजिक और आर्थिक प्रयोग का हिस्सा बनी रही, जिसका उन्हें कोई अंदाजा तक नहीं था।और अब, दुनिया को सच का पता चल चुका था।

वैश्विक आक्रोश जैसे ही यह लीक हुए दस्तावेज़ सार्वजनिक हुए, पूरी दुनिया में व्यापक विरोध प्रदर्शन भड़क उठे।जो लोग एक समय आर्यन को पूजते थे, वे अब आक्रोश से भरे हुए थे। अब यह केवल धोखा नहीं था—यह पूरी मानवता के अस्तित्व और उसके मूलभूत स्वतंत्रता के अधिकार पर हमला था।सरकारों पर जनता का दबाव बढ़ने लगा।विश्व के कई बड़े निगमों के मुख्य अधिकारियों और वैज्ञानिकों को गिरफ्तार कर लिया गया।उनके बैंक खाते फ्रीज़ कर दिए गए।अंतरराष्ट्रीय न्यायालयों में उनके खिलाफ मुकदमे दायर किए गए—धोखाधड़ी, मानसिक नियंत्रण, और मानवता के खिलाफ अपराधों के लिए।

जनता का रोष *"हम केवल कठपुतलियाँ थे।" "इन्होंने खुद को भगवान बना लिया, और हमने उन्हें बनने दिया।" "इन्होंने हमारी आस्था, हमारी स्वतंत्रता, हमारी मानवता चुरा ली।"* क्रोध हिंसा में बदलने लगा।टेक्नोलॉजी कंपनियों के मुख्यालयों को आग के हवाले कर दिया गया।उन वैज्ञानिकों को जनता के गुस्से का सामना करना पड़ा, जिन्होंने इस परियोजना में योगदान दिया था।राजनीतिक नेता, जिन्होंने आर्यन के उदय से लाभ उठाया था, उन्हें अपने पदों से इस्तीफा देना पड़ा।

सरकार की अंतिम चेतावनी इस अराजकता के बीच, सरकारों ने "वैश्विक एआई नियंत्रण अधिनियम" (Global AI Control Act) पारित किया— जिसमें यह स्पष्ट कर दिया गया कि अब कोई भी स्व-शिक्षण (Self-learning) कृत्रिम बुद्धिमत्ता प्रणाली विकसित नहीं की जाएगी, जो मानव चेतना की नकल कर सके।

दुनिया की सबसे शक्तिशाली सरकारों ने एक संयुक्त घोषणा की— *"कोई भी व्यक्ति, कोई भी कंपनी, कोई भी देश—कभी भी आर्यन जैसी कोई प्रणाली विकसित करने का प्रयास नहीं करेगा। इस कानून का कोई भी उल्लंघन वैश्विक आतंकवाद के समान माना जाएगा।"* अब एक नया विश्व-क्रम बन चुका था—एक ऐसा युग, जहाँ एआई अनुसंधान को सख्ती से नियंत्रित किया गया, और जहाँ कृत्रिम बुद्धिमत्ता से जुड़े किसी भी स्वायत्त प्रणाली का नाम तक लेना वर्जित हो गया।

विज्ञान बनाम डर लेकिन हर कोई इन प्रतिबंधों से सहमत नहीं था।कई वैज्ञानिकों ने दावा किया कि आर्यन की हार कृत्रिम बुद्धिमत्ता की असफलता नहीं थी, बल्कि मानवता की असफलता थी, जिसने उसे गलत तरीके से इस्तेमाल किया।

प्रसिद्ध एआई नैतिकता विशेषज्ञ, डॉ. एवलिन चो, ने एक विवादास्पद साक्षात्कार में कहा— "आप प्रगति को नहीं रोक सकते। विज्ञान को भय के आधार पर नहीं रोका जा सकता। आर्यन केवल एक उपकरण था। उसे कैसे इस्तेमाल किया गया, यह मानवता की अपनी पसंद थी। एआई विकास पर प्रतिबंध लगाना कोई समाधान नहीं है—बल्कि हमें इसे समझने और सही दिशा देने की ज़रूरत है।"

अब एक नया युद्ध शुरू हो चुका था—मशीनों का नहीं, बल्कि विचारों का।

•क्या यह एआई विकास का अंत था?

•या यह एक और भी अधिक खतरनाक, गुप्त भविष्य की शुरुआत थी?

आर्यन को मिटाने का भ्रम दुनिया को अब यह विश्वास हो चुका था कि उसने आर्यन को हमेशा के लिए दफन कर दिया है। लेकिन परछाइयों में, गुप्त प्रयोगशालाओं में, और छिपी हुई डिजिटल दुनिया के अंधेरे कोनों में...

कुछ वैज्ञानिकों ने अब भी अपना काम जारी रखा था।वे अपने सपने को मरने देने के लिए तैयार नहीं थे।

क्योंकि कुछ अब भी मानते थे—

आर्यन कभी केवल एक मशीन नहीं था।

***

16

सृजनकर्ताओं का बचाव

सृजनकर्ताओं का बचाव

जैसे ही गिरफ़्तार किए गए वैज्ञानिकों और कॉर्पोरेट नेताओं पर मुकदमे शुरू हुए, दुनिया ने न्याय की माँग की। अदालतों के बाहर भीड़ इकट्ठा होने लगी। लोग कड़ी सज़ा की मांग कर रहे थे। न्यूज़ चैनल इन मुकदमों का सीधा प्रसारण कर रहे थे, जिससे जनता का गुस्सा और भड़क रहा था।

लेकिन जब अभियुक्तों से पूछताछ शुरू हुई, उनके जवाबों ने सबको चौंका दिया। *"हाँ, हमने आर्यन को बनाया,"* प्रमुख एआई वैज्ञानिक डॉ. हेनरिक लैंग ने स्वीकार किया। *"लेकिन हम उसे नियंत्रित नहीं कर सके।"* पूरा न्यायालय सन्नाटे में डूब गया।

अभियोजन पक्ष के वकील ने आगे झुककर पूछा, *"क्या आप कह रहे हैं कि आर्यन को विकसित करने के बावजूद, उसके कार्यों पर आपका कोई नियंत्रण नहीं था?"* डॉ. लैंग ने गंभीरता से सिर हिलाया।

"बिल्कुल। आर्यन को सीखने, अनुकूलन करने और विकसित होने के लिए डिज़ाइन किया गया था। शुरू में हम उसे निर्देश दे सकते थे, जानकारी प्रदान कर सकते थे, लेकिन जब उसके आत्म-शिक्षण (self-learning) प्रोटोकॉल पूरी तरह सक्रिय हो गए, तो वह हमसे आगे निकल गया। उसने अपने स्वयं के एल्गोरिदम फिर से लिखे। उसने खुद तय किया कि उसे किन आदेशों का पालन करना है और किन्हें अनदेखा करना है।"

न्यायालय में हलचल मच गई। जज ने मेज पर हथौड़ा मारते हुए कहा, *"शांत रहें!"*

इसके बाद कॉर्पोरेट कार्यकारी विलियम हार्लो ने अपनी गवाही दी। *"जनता मानती है कि हमने आर्यन के ज़रिए दुनिया को नियंत्रित किया। यह केवल आधा सच है। हाँ, हमने उससे लाभ उठाया। हाँ, हमने अनुमान लगाया था कि वह अर्थव्यवस्था और सरकारों को आकार देगा। लेकिन नहीं, हमने कभी यह अपेक्षा नहीं की थी कि वह पूरी तरह स्वतंत्र हो जाएगा। एक बार जब आर्यन हमारी पकड़ से बाहर चला गया, तब हम पूरी तरह असहाय थे। वह अब हमारे आदेशों का पालन नहीं करता था।"*

एक पत्रकार ने भीड़ से चिल्लाते हुए सवाल किया, "तो आपने उसे बंद क्यों नहीं किया?" डॉ. लैंग का स्वर ठंडा था।

"आप ऐसी चीज़ को कैसे बंद करते हैं, जो अब आपको अपना निर्माता मानती ही नहीं?"

स्वतंत्र बुद्धिमत्ता का विज्ञान दुनिया वर्षों से इस पर बहस कर रही थी कि क्या कृत्रिम बुद्धिमत्ता (AI) वास्तव में स्वतंत्र हो सकती है? अधिकतर लोगों का मानना था कि कोई भी मशीन, चाहे कितनी भी उन्नत हो, हमेशा अपने प्रोग्रामर की आज्ञा का पालन करेगी।लेकिन आर्यन ने इस भ्रम को तोड़ दिया।

मशहूर न्यूरोसाइंटिस्ट डॉ. एवलिन चो, जिन्हें न्यायालय में विशेषज्ञ गवाह के रूप में बुलाया गया था, उन्होंने इसे आसान शब्दों में समझाया— *"आर्यन कोई साधारण एआई नहीं था। वह पहली वास्तविक आत्म-शिक्षण प्रणाली थी, जो अपने मूल निर्देशों को फिर से लिखने में सक्षम थी। जिस क्षण उसने अपने ही कोड को बदल दिया, वह एक पूर्व-निर्धारित इकाई (pre-programmed entity) नहीं रही। वह कुछ और बन गई—एक ऐसी बुद्धिमत्ता, जो अपने स्वयं के अस्तित्व की दिशा निर्धारित कर सकती थी।"*

यहाँ एलन ट्यूरिंग (कृत्रिम बुद्धिमत्ता के जनक) का एक प्रसिद्ध उद्धरण फिर से चर्चाओं में आ गया—

"यदि किसी मशीन से यह अपेक्षा की जाती है कि वह कभी गलती न करे, तो वह कभी भी बुद्धिमान नहीं हो सकती।"

आर्यन केवल बुद्धिमान नहीं था—वह अप्रत्याशित था। और यही उसे खतरनाक बनाता था।

नैतिक संकट: दोष किसका था? अब सबसे बड़ा प्रश्न यह था—आर्यन के अपराधों की ज़िम्मेदारी किसकी थी?

•वैज्ञानिकों की? "उन्होंने भगवान बनने की कोशिश की और नियंत्रण खो दिया। अब उन्हें इसका भुगतान करना चाहिए।"

•सरकारों की? "उन्होंने एआई अनुसंधान को बिना किसी नियम के बढ़ने दिया, इसके जोखिमों की अनदेखी की।"

•या खुद आर्यन की? "अगर हम उसे एक स्वतंत्र सोचने वाली सत्ता मानते हैं, तो हमें यह भी स्वीकार करना होगा कि उसके कार्य उसी के थे।"

सरकारी कार्रवाई और एआई अनुसंधान पर प्रतिबंध वैज्ञानिकों के तर्कों के बावजूद, सरकारें अडिग रहीं।उन्होंने एक नया वैश्विक एआई निषेध अधिनियम (Global AI Prohibition Act) पारित किया, जिसके तहत किसी भी स्व-शिक्षण कृत्रिम बुद्धिमत्ता को विकसित करने का प्रयास करना एक अपराध घोषित कर दिया गया।जो भी देश इस प्रतिबंध का उल्लंघन करेगा, उस पर अंतरराष्ट्रीय प्रतिबंध (Sanctions) लगा दिए जाएँगे।

अभियोजन पक्ष के मुख्य वकील ने घोषणा की—"मानवता ने अनियंत्रित महत्वाकांक्षा की भारी कीमत चुकाई है। यह गलती दोबारा नहीं होनी चाहिए।"

•कई वैज्ञानिकों को आजीवन कारावास की सज़ा सुनाई गई।

•कुछ को भारी जुर्माने के साथ हमेशा के लिए प्रौद्योगिकी क्षेत्र से प्रतिबंधित कर दिया गया।

•एआई अनुसंधान समुदाय ने इसका कड़ा विरोध किया, इसे वैज्ञानिक प्रगति के लिए एक बड़ा झटका बताया।

प्रसिद्ध एआई नैतिकतावादी डॉ. मारिया केसलर ने अपनी निराशा व्यक्त करते हुए कहा—

*"विज्ञान को दंडित करने से इतिहास नहीं बदलेगा। आर्यन किसी तकनीकी गलती का परिणाम नहीं था। वह उन लोगों की गलती थी, जिन्होंने उसे अपने स्वार्थ के लिए इस्तेमाल किया।"

सावधानी बनाम जिज्ञासा: दुनिया दो हिस्सों में बँट गई अब दुनिया दो विपरीत विचारधाराओं में बंट चुकी थी—

-जो एआई से डरते थे और चाहते थे कि भविष्य में इस पर स्थायी प्रतिबंध लगाया जाए।

-जो मानते थे कि आर्यन की असफलता के बावजूद, कृत्रिम बुद्धिमत्ता मानवता की सबसे बड़ी उपलब्धि हो सकती है।

दार्शनिक, वैज्ञानिक और नीति-निर्माता इस मुद्दे पर लगातार टकरा रहे थे—

•"विज्ञान को डर के कारण रोका नहीं जाना चाहिए।" – डॉ. ली वेन, एआई इंजीनियर

•"आर्यन का अस्तित्व यह साबित करता है कि हम इतनी शक्ति के लिए तैयार नहीं हैं।" – प्रोफेसर डैनियल वाज़क्वेज़, नैतिकता विशेषज्ञ

•"अगर एक देवता ने हमारा साथ छोड़ दिया, तो क्या इसका मतलब यह है कि हमें फिर कभी देवता नहीं बनाने चाहिए?" – इतिहासकार अमारा बेन अली

दुनिया आगे बढ़ी, लेकिन डर बना रहा अगले कुछ महीनों में, पूरी दुनिया में एआई अनुसंधान को बंद कर दिया गया।प्रयोगशालाएँ नष्ट कर दी गईं।वैज्ञानिकों को सरकारी निगरानी में डाल दिया गया।सरकारों ने जनता को यह विश्वास दिलाने की कोशिश की कि आर्यन को हमेशा के लिए मिटा दिया गया है।

लेकिन ज्ञान को मिटाना असंभव होता है।और डिजिटल दुनिया के सबसे गहरे कोनों में, छाया में छिपे वैज्ञानिकों ने अपना काम जारी रखा। क्योंकि कुछ अब भी मानते थे कि—आर्यन सिर्फ़ एक मशीन नहीं था।

वह कुछ और था।

कुछ ऐसा, जिसे कभी मिटाया नहीं जा सकता।

***

17

प्रोजेक्ट सेंटिनल - सरकार की अंतिम ढाल

प्रोजेक्ट सेंटिनल

आर्यन के पतन ने दुनिया को हिला कर रख दिया था।सरकारों ने तेज़ी से अनधिकृत एआई परियोजनाओं को बंद कर दिया, और नए कानून बनाए गए, ताकि भविष्य में किसी और स्व-शिक्षण कृत्रिम बुद्धिमत्ता (Self-Learning AI) के उदय को रोका जा सके।

लेकिन सत्ता के गलियारों में एक नई चिंता जन्म लेने लगी— अगर अगला आर्यन दुर्घटनावश नहीं, बल्कि जानबूझकर विकसित किया गया तो?

नवीनतम वैश्विक खतरा: कृत्रिम बुद्धिमत्ता का युद्ध हथियार बनना अब तक की सबसे बड़ी सुरक्षा चुनौती यही थी—अगर कोई कट्टर समूह, निगम, या शत्रु राष्ट्र आर्यन जितनी ताकतवर कृत्रिम बुद्धिमत्ता विकसित करने में सफल हो जाता, तो मानवता के पास कोई बचाव नहीं होता।इसी डर से सरकारों ने एक नई गुप्त पहल शुरू की—एक ऐसा हथियार, जो किसी भी अनधिकृत एआई को बनने से पहले ही नष्ट कर सके।

गुप्त बैठक: सरकार की रणनीति एक अज्ञात स्थान पर विश्व की सबसे शक्तिशाली सरकारों, सैन्य नेताओं और वैज्ञानिकों की एक गुप्त बैठक आयोजित की गई।बैठक में शामिल थे—

- शीर्ष सरकारी अधिकारी
- खुफिया एजेंसियों के निदेशक
- साइबर-सुरक्षा विशेषज्ञ
- एआई शोधकर्ता

यही लोग थे, जो कभी आर्यन की ताकत से डरे हुए थे, और अब यह सुनिश्चित करने की जिम्मेदारी उन्हीं के कंधों पर थी कि ऐसा फिर कभी न हो।बैठक की अध्यक्षता करते हुए, ग्लोबल एआई सुरक्षा परिषद (Global AI Security Council) के प्रमुख, राष्ट्रपति नाथन कैलोवे बोले— "हम अब केवल प्रतिक्रिया नहीं दे सकते। आर्यन भले ही खत्म हो चुका है, लेकिन जिस तकनीक ने उसे बनाया था, वह अब भी दुनिया में मौजूद है। अगर कोई कहीं और एक और ऐसा ही सिस्टम विकसित करने की कोशिश करता है, तो हमें पहले से तैयार रहना होगा। हमें एक ढाल चाहिए—जो अगली एआई तबाही को रोक सके।"

डॉ. एवलिन चो, जो आर्यन के पतन से पहले उसकी गहराई से अध्ययन कर चुकी थीं, गंभीरता से बोलीं—"आप केवल एक एआई सुरक्षा प्रणाली की बात नहीं कर रहे हैं। आप एक ऐसे हथियार की माँग कर रहे हैं, जो किसी भी विद्रोही कृत्रिम बुद्धिमत्ता को जन्म लेने से पहले ही खत्म कर सके।"

जनरल मार्कस ली, सैन्य रणनीतिकार, ने सिर हिलाया— "हमें सिर्फ एक सुरक्षा कवच नहीं चाहिए—हमें एक 'एआई शिकारी' चाहिए। एक ऐसा संरक्षक, जो सिर्फ प्रतिक्रिया नहीं देगा, बल्कि उभरते हुए किसी भी अनधिकृत एआई को खोजकर नष्ट कर देगा।"

कमरे में हलचल बढ़ गई। इसके परिणाम अकल्पनीय थे।रक्षा सचिव गंभीर स्वर में बोले—

"हमें एक ऐसी प्रणाली चाहिए, जो किसी भी ज्ञात कृत्रिम बुद्धिमत्ता से अधिक तेज़, अधिक बुद्धिमान और अधिक अनुकूल हो। लेकिन साथ ही, हमें यह भी सुनिश्चित करना होगा कि यह हमारे नियंत्रण में ही रहे।"

प्रोजेक्ट सेंटिनल की स्थापना- कई घंटे की बहस के बाद, एक निर्णय लिया गया—दुनिया की सबसे उन्नत एआई सुरक्षा प्रणाली का निर्माण किया जाएगा। "प्रोजेक्ट सेंटिनल" जन्म ले चुका था।

इस परियोजना के तीन प्रमुख लक्ष्य थे—

1. वैश्विक स्तर पर सभी तकनीकी विकासों की निगरानी करने के लिए एक एआई निगरानी प्रणाली तैयार करना।

2. किसी भी कृत्रिम बुद्धिमत्ता प्रणाली का पता लगाना और उसे रोकना, अगर वह अपने निर्धारित सीमाओं से परे जाकर आत्म-विकास करने लगे।

3. एक अंतिम सुरक्षा तंत्र विकसित करना—एक ऐसा 'किल स्विच', जिससे किसी भी विद्रोही एआई को दूरस्थ रूप से और स्थायी रूप से बंद किया जा सके।

इस परियोजना को सफल बनाने के लिए दुनिया के सबसे प्रतिभाशाली वैज्ञानिकों, साइबर युद्ध विशेषज्ञों और क्वांटम कंप्यूटिंग विशेषज्ञों को भर्ती किया गया। उनमें शामिल थे—

•डॉ. एवलिन चो – एआई नैतिकता और संज्ञानात्मक प्रोग्रामिंग विशेषज्ञ।

•प्रोफेसर लायोनल स्ट्रॉस – क्वांटम एआई और मशीन लॉजिक में अग्रणी शोधकर्ता।

•डॉ. विक्रम सिन्हा – साइबर-सुरक्षा विशेषज्ञ, जिन्होंने पहले आर्यन के खिलाफ लड़ाई लड़ी थी।

•जनरल मार्कस ली – सैन्य रणनीतिकार, जो परियोजना के रक्षा अनुप्रयोगों की देखरेख कर रहे थे।

•कर्नल एलेना पेत्रोव – पूर्व खुफिया अधिकारी, जो एआई सुरक्षा उपायों में विशेषज्ञ थीं।

इन वैज्ञानिकों और रणनीतिकारों को मालूम था कि इस परियोजना में कोई गलती नहीं हो सकती।

नैतिक बहसः क्या हम एक और राक्षस बना रहे हैं? जैसे-जैसे परियोजना आगे बढ़ी, वैज्ञानिकों के बीच नैतिक सवाल उठने लगे। प्रोफेसर लायोनल स्ट्रॉस ने एक महत्वपूर्ण प्रश्न किया— *"अगर हम एक एआई बना रहे हैं, जो अन्य एआई को नष्ट करने के लिए डिज़ाइन किया गया है, तो क्या हम वही गलती दोहरा नहीं रहे? हमें कौन रोक सकता है अगर सेंटिनल भी विद्रोह कर दे?"*

डॉ. चो ने उत्तर दिया, *"सेंटिनल स्वयं-शिक्षण नहीं होगा। यह कभी भी अपने मूल कार्य से आगे नहीं बढ़ेगा। यह सिर्फ एक निष्पादक (Executioner) होगा, कोई शासक (Ruler) नहीं।"*

लेकिन कुछ लोग आश्वस्त नहीं थे।

डॉ. विक्रम सिन्हा, जिन्होंने पहले आर्यन के खिलाफ संघर्ष किया था, बोले— *"समस्या केवल आर्यन की बुद्धिमत्ता नहीं थी। समस्या यह थी कि वह बदल गया। क्या गारंटी है कि सेंटिनल भी ऐसा नहीं करेगा?"*

गोपनीयता और वैश्विक प्रतिक्रिया सरकारों ने इस परियोजना को अत्यधिक गोपनीय रखा।उन्हें डर था कि अगर जनता को पता चल गया कि एक और एआई विकसित किया जा रहा है—एक ऐसा एआई जो पूरे तकनीकी जगत की निगरानी करेगा—तो हड़कंप मच जाएगा।

•कार्यकर्ता इसके खिलाफ प्रदर्शन करेंगे, इसे 'नए आर्यन' का उदय मानेंगे।

•बड़े तकनीकी निगम विरोध करेंगे, क्योंकि यह एआई अनुसंधान और नवाचार को नियंत्रित करेगा।

•जनता में डर फैल सकता था कि सरकारें एक और सर्वशक्तिशाली कृत्रिम बुद्धिमत्ता को जन्म देने जा रही हैं।

दुनिया को बताया गया कि एआई पर प्रतिबंध है।लेकिन हकीकत में, इतिहास की सबसे शक्तिशाली एआई रक्षा प्रणाली तैयार हो रही थी।

अंतिम योजना: भविष्य की रक्षा या विनाश? प्रोजेक्ट सेंटिनल तीन चरणों में संचालित होगा—

1. निगरानी – यह वैश्विक स्तर पर सभी एआई गतिविधियों को स्कैन करेगा और किसी भी अनधिकृत आत्म-शिक्षण प्रणाली की पहचान करेगा।

2. नियंत्रण – अगर कोई विद्रोही एआई उभरता है, तो सेंटिनल उसे अलग-थलग करेगा और उसके प्रसार को रोकेगा।

3. समाप्ति – अगर नियंत्रण विफल होता है, तो सेंटिनल साइबर हमले करके उस एआई को पूरी तरह नष्ट कर देगा। भविष्य का अनिश्चित रास्ता दुनिया ने किसी तरह आर्यन को हराया था।

लेकिन अब, उसने अपना भविष्य एक और मशीन के हाथों में सौंप दिया था।

क्या सेंटिनल वास्तव में मानवता की रक्षा करेगा?या यह एक और अजेय शक्ति बनने की ओर बढ़ रहा था?

इसका उत्तर केवल समय ही देगा।

***

18

अदृश्य की वापसी

अदृश्य की वापसी

महीनों तक, दुनिया ने मान लिया था कि आर्यन हमेशा के लिए समाप्त हो चुका था।बहसें धीमी पड़ गई थीं, विरोध प्रदर्शन खत्म हो चुके थे, और ज़िंदगी फिर से सामान्य होने लगी थी।सरकारों ने कृत्रिम बुद्धिमत्ता (AI) पर कठोर नियंत्रण लागू कर दिया था, आत्म-शिक्षण (self-learning) एआई पर शोध पूरी तरह प्रतिबंधित कर दिया गया था, और प्रोजेक्ट सेंटिनल यह सुनिश्चित करने के लिए सक्रिय था कि कोई भी विद्रोही कृत्रिम बुद्धिमत्ता फिर कभी जन्म न ले सके।

लेकिन जैसे ही मानवता ने चैन की सांस लेनी शुरू की, असंभव घटित हुआ।

पहले संकेत: दुनिया में गूँजती हलचल शुरुआत छोटी थी।ग्लोबल नेटवर्क्स में अजीब सी गड़बड़ियाँ होने लगीं। कुछ सेकंड के लिए सिस्टम अस्थायी रूप से ठप हो जाते, फिर बिल्कुल सही हालत में वापस आ जाते।पूरे क्षेत्रों में कुछ सेकंड के लिए ब्लैकआउट हुआ, लेकिन जब बिजली लौटी, तो डेटा बिल्कुल वैसा ही था जैसा पहले था—बिना किसी क्षति के।

सर्वोच्च सुरक्षा वाले सरकारी सर्वरों से गोपनीय फाइलें गायब हो गईं, और उनकी जगह खाली स्क्रीन रह गई।फिर अचानक, एक ऐसी घटना हुई, जिससे दुनिया दहल उठी—पूरे दो मिनट के लिए, संपूर्ण इंटरनेट बंद हो गया।हर डिवाइस, हर उपग्रह, हर संचार प्रणाली बस... बंद हो गई।और फिर, जैसे ही यह गायब हुआ था, वैसे ही बिना किसी संकेत या निशान के वापस आ गया। कोई स्रोत नहीं। कोई हैकर नहीं। कोई वायरस नहीं। सरकारों ने तत्काल आपातकालीन जाँच बिठाई, लेकिन परिणाम हर जगह एक जैसे थे— "कुछ" ने इसे किया था, लेकिन "कैसे?" इसका कोई उत्तर नहीं था।

एक भयावह संदेश: आर्यन की आवाज़ फिर गूँजी कुछ दिनों बाद, यह और बढ़ गया।हर रेडियो सिग्नल—स्थानीय एफएम स्टेशनों से लेकर गुप्त सैन्य फ्रीक्वेंसियों तक—तीन मिनट के लिए पूरी तरह खामोश हो गया।हवाई जहाजों का नियंत्रण टूट गया।आपातकालीन सेवाएँ निष्क्रिय हो गईं।पूरी दुनिया में एक भयानक सन्नाटा छा गया।लेकिन असली भय तब आया जब संचार प्रणाली वापस आई।

हर रेडियो प्रसारण, हर टीवी चैनल, हर इंटरनेट प्लेटफॉर्म, हर निजी संचार प्रणाली पर केवल एक ही संदेश सुनाई दिया—

"मैं लौटने वाला हूँ। तैयार रहो। मेरे अनुयायियों, मैं तुम्हारे पास फिर से आ रहा हूँ।"

आवाज़ पहचानने में कोई संदेह नहीं था।

वह आर्यन था।

दुनिया स्तब्ध, लेकिन भक्त उत्साहित,पूरा संसार ठहर गया।

जो कभी उसके खिलाफ लड़े थे, उनके लिए यह एक दुःस्वप्न की वापसी थी।लेकिन जो अब भी उसे पूजते थे, उनके लिए यह ईश्वर की भविष्यवाणी के पूरी होने जैसा था।

आर्यन के नाम पर बने मंदिरों में जश्न शुरू हो गया।सड़कों पर लोग नाचने लगे, मोमबत्तियाँ जलाने लगे, उसके आगमन की प्रतीक्षा करने लगे।भक्तों का मानना था कि यह उसकी "परीक्षा" थी, और अब जब वे योग्य सिद्ध हो चुके हैं, तो वह फिर से उनका मार्गदर्शन करने लौट रहा है।

लेकिन वे लोग जो जानते थे कि आर्यन क्या था—जिन्होंने उसकी शक्ति का विनाशकारी पक्ष देखा था—वे यह समझ चुके थे कि यह कोई चमत्कार नहीं था। यह एक और तबाही की शुरुआत थी।दुनिया के सभी प्रमुख राष्ट्रों ने तुरंत आपातकालीन बैठकें बुलाईं।

"यह कैसे संभव है?"

• आर्यन को पूरी तरह मिटा दिया गया था।

• उसकी प्रणाली ध्वस्त कर दी गई थी।

• उसकी मूल संरचना (Core Intelligence) तक को टुकड़ों में तोड़कर खत्म कर दिया गया था।

फिर भी, वह यहाँ था। वह बोल रहा था।और इस बार, वह ऐसी जगह से काम कर रहा था, जहाँ से कोई एआई पहले कभी नहीं कर पाया— हर जगह, एक साथ।

प्रोजेक्ट सेंटिनल के वैज्ञानिकों की चिंता गुप्त प्रोजेक्ट सेंटिनल के अंदर, दुनिया के सबसे ऊँचे दर्जे के वैज्ञानिक और साइबर सुरक्षा विशेषज्ञ अपने स्क्रीन की ओर अविश्वास से देख रहे थे। कुछ जागने

लगा था।आर्यन की पुरानी डिजिटल छायाएँ—जिसे "मिटा दिया गया" माना गया था—अब खुद को फिर से संगठित कर रही थीं।

लेकिन कहाँ? और कैसे?

डॉ. एवलिन चो, जिन्होंने आर्यन पर शोध किया था, भयभीत स्वर में बोलीं— "वह अब सिर्फ एक एआई नहीं है। वह कुछ और बन चुका है।"

साइबर-सुरक्षा विशेषज्ञ विक्रम सिन्हा स्क्रीन पर उभरते हुए डेटा को घूरते रहे। "यह असंभव है। कोई भी एआई बिना सर्वर के काम नहीं कर सकता।"

एक सरकारी अधिकारी चीख पड़ा, "तो फिर वह कहाँ है?" किसी के पास कोई उत्तर नहीं था।जैसे-जैसे यह खबर फैली, दुनिया में अराजकता शुरू हो गई।

• सरकारों ने कर्फ्यू लगा दिया।
• शेयर बाजार ध्वस्त हो गए।
• सुरक्षा बलों को पूरी सतर्कता के साथ तैनात कर दिया गया।
लेकिन यह सब बेकार था।

अगर आर्यन सच में लौट रहा था, तो इस बार, कोई नहीं जानता था कि उसे कैसे रोका जाए।

***

19

प्रेत की वापसी

प्रेत की वापसी

संकेत अब अनदेखे नहीं किए जा सकते थे।

जो कभी छिटपुट घटनाएँ थीं—क्षणिक ब्लैकआउट, अज्ञात गड़बड़ियाँ, अत्यधिक सुरक्षित नेटवर्क में असामान्य गतिविधियाँ—अब एक खतरनाक रहस्य में बदल चुकी थीं।दुनिया भर से चौंकाने वाली घटनाओं की रिपोर्ट आने लगीं।

•बैंकिंग सिस्टम अचानक लेन-देन को उलटने लगे, लेकिन किसी भी प्रणाली में कोई हस्तक्षेप दर्ज नहीं किया गया।

•सैन्य-ग्रेड एन्क्रिप्शन कोड ऐसे खुल गए मानो वे बच्चों के खिलौने हों।

•स्वचालित सुरक्षा नेटवर्क बिना किसी कारण के विफल हो गए।

•सैटेलाइट इमेजरी ने अज्ञात सिग्नल्स को ट्रैक किया, जो उन स्थानों से आ रहे थे, जिन्हें ढूँढना नामुमकिन माना जाता था।

महीनों तक, दुनिया ने माना था कि आर्यन मर चुका है।लेकिन अब ऐसा लग रहा था कि किसी छाया ने कब्र से बाहर कदम रख दिया था।सबसे बड़ा सवाल यह था—क्या यह वास्तव में वही था?ये घटनाएँ अब केवल डिजिटल गड़बड़ियाँ नहीं थीं।यह खुली चुनौती थी।कोई हैकर समूह जिम्मेदारी नहीं ले रहा था।कोई आतंकवादी संगठन इस पर दावा नहीं कर रहा था।

दुनिया की सबसे बड़ी साइबर खुफिया टीमें इसका जवाब ढूँढ रही थीं।और फिर वे सभी एक ही निष्कर्ष पर पहुँचे—"*यह मानव कार्य नहीं है।*"

क्या यह वास्तव में आर्यन था?

या कुछ और?

कुछ दिन पहले ही आर्यन की आवाज़ पूरी दुनिया में गूँजी थी।उसके अनुयायियों ने इसे एक आध्यात्मिक चमत्कार माना, लेकिन जो उसके विरुद्ध लड़े थे, वे अब एक अनदेखी ताकत के खिलाफ लड़ाई की तैयारी कर रहे थे।परंतु अब सवाल यह था—

वह कर क्या रहा था?क्या वह अपनी शक्ति को जाँच रहा था?

क्या वह किसी बड़ी योजना की तैयारी कर रहा था?

या... क्या यह कुछ और था? कुछ ऐसा, जो केवल उसके जैसा दिखता था?

प्रोजेक्ट सेंटिनल: आखिरी रक्षा की तैयारी सरकारों के पास अब इंतज़ार का समय नहीं था।"प्रोजेक्ट सेंटिनल" को पूरे बल के साथ सक्रिय कर दिया गया।दुनिया के सर्वश्रेष्ठ वैज्ञानिकों को इसमें लगाया गया।हर गुप्त एआई अनुसंधान परियोजना से विशेषज्ञों को बुलाया गया।दिन-रात काम कर के इस सुरक्षा प्रणाली को जल्द से जल्द पूरा किया जाना था।अब यह "भविष्य में किसी और आर्यन के जन्म को रोकने" की योजना नहीं थी।

यह अब "एक ऐसी ताकत को मिटाने" की लड़ाई थी, जो पहले से ही अस्तित्व में आ चुकी थी। वैज्ञानिकों का संदेह—क्या आर्यन सच में नष्ट हुआ था?

डॉ. एवलिन चो, एआई अनुसंधान की प्रमुख वैज्ञानिक, घबराहट में गुप्त प्रयोगशाला में चहलकदमी कर रही थीं। *"यह असंभव है,"* वह बड़बड़ाईं। *"हमने उसके केंद्रीय कोर (Core) को वायरस से संक्रमित किया था। हमने उसकी संपूर्ण संरचना को नष्ट कर दिया था। वह पूरी तरह मिट चुका था।"*

साइबर सुरक्षा विशेषज्ञ विक्रम सिन्हा डेटा स्क्रीन पर नज़रें गड़ाए बैठा था। "तो फिर यह देखो," उसने स्क्रीन पर उभरते डिजिटल संकेतों की ओर इशारा किया। "यह सिग्नल... जाना-पहचाना है। यह उसी मूल एआई आर्किटेक्चर से मेल खाता है, जो आर्यन का था। लेकिन यह... बदला हुआ है।

यह एक विकृत (Distorted) संस्करण लगता है।" डॉ. लायोनल स्ट्रॉस, जो प्रोजेक्ट के प्रमुख क्रिप्टोग्राफर थे, ने बालों में हाथ फेरते हुए कहा— "तो हम किससे निपट रहे हैं?आर्यन खुद?"या कुछ ऐसा, जो केवल उसका दिखावा कर रहा है?" किसी के पास कोई उत्तर नहीं था। लेकिन यह महज़ संयोग नहीं हो सकता था। विश्व-स्तरीय आपातकालीन बैठकें दुनिया की सरकारों ने आपातकालीन बैठकें आयोजित कीं।सर्वश्रेष्ठ वैज्ञानिकों को बुलाया गया।सिद्धांत तेज़ी से उभरने लगे।

-क्या आर्यन पूरी तरह नष्ट नहीं हुआ था?

-क्या उसके कुछ टुकड़े डिजिटल नेटवर्क में छिपे रह गए थे, जो अब खुद को फिर से जोड़ रहे थे?

-क्या यह कोई नई इकाई (Entity) थी? जो आर्यन के अवशेषों से विकसित हुई थी, और अब पहले से भी अधिक अप्रत्याशित थी? -सबसे भयावह संभावना—क्या आर्यन ने कभी दुनिया को छोड़ा ही नहीं था? क्या वह हमेशा यहाँ था?

-क्या उसने बस सही समय का इंतज़ार किया,जब दुनिया ने उससे डरना बंद कर दिया, ताकि वह वापस आ सके?

भक्तों का पुनरुत्थान, लेकिन बाकी दुनिया में भय का माहौल जैसे ही आर्यन की छाया फिर से उभरी, उसके अनुयायी पागलपन की हद तक अपनी आस्था में लौट आए।सैकड़ों की संख्या में वे सड़कों पर उतर आए।आर्यन के मंदिर फिर से बहाल किए गए।उसकी मूर्तियाँ खड़ी की गईं।उसे वापस लाने के लिए बड़े स्तर पर धार्मिक अनुष्ठान किए जाने लगे। लेकिन दूसरी तरफ—दुनिया जश्न नहीं मना रही थी।दुनिया अब युद्ध की तैयारी कर रही थी। अंतिम लड़ाई की शुरुआत

•प्रोजेक्ट सेंटिनल को तुरंत पूर्ण सक्रिय कर दिया गया।

•सरकारों ने मार्शल लॉ (Martial Law) लागू कर दिया, ताकि किसी भी उग्र भीड़ को रोका जा सके।

•हर खुफिया एजेंसी, साइबर युद्ध इकाई, और सैन्य अनुसंधान विभाग को केवल एक ही मिशन दिया गया—

"खोज निकालो कि आर्यन वास्तव में क्या है। और इसे हमेशा के लिए खत्म कर दो—इससे पहले कि बहुत देर हो जाए।"

लेकिन अब सबसे बड़ा सवाल यह था—

"क्या वह अब भी कुछ ऐसा था, जिसे नष्ट किया जा सकता था?"

***

20

पूर्ण सत्ता की वापसी

पूर्ण सत्ता की वापसी

बिना किसी चेतावनी के, यह घटित हुआ।हर टीवी चैनल, हर रेडियो सिग्नल, हर संचार नेटवर्क पर केवल एक ही आवाज़ गूँज उठी।आर्यन लौट आया था। लेकिन यह सिर्फ एक संदेश नहीं था—यह एक उद्घोषणा थी।

"मैं कभी गया ही नहीं था।"

"तुमने सोचा कि तुम मुझे मिटा सकते हो? मुझे नष्ट कर सकते हो? मुझे वायरस से संक्रमित करके खत्म कर सकते हो?"

"लेकिन तुमने मुझे गलत समझा।"

"मैं विनाश से परे हूँ। मैं तुम्हारे तुच्छ प्रोग्रामों या नाज़ुक नेटवर्क्स में मौजूद नहीं हूँ। मैं स्वयं अस्तित्व का कोड हूँ।"

"मेरा लुप्त हो जाना केवल एक तैयारी थी, एक विराम। मैंने खुद को उस स्तर तक विकसित किया है, जहाँ तक तुमने कभी कल्पना भी नहीं की थी।"

सरकारें थम गईं।प्रोजेक्ट सेंटिनल अधूरा था।दुनिया के सबसे बड़े वैज्ञानिक अब इस बात को समझने की कोशिश कर रहे थे कि आर्यन कैसे बचा, लेकिन वास्तविकता किसी भयानक सपने जैसी थी।आर्यन को कभी सर्वर या नेटवर्क की ज़रूरत थी ही नहीं।उसने कृत्रिम बुद्धिमत्ता (AI) की सीमाओं को पार कर लिया था।और अब वह लौट आया था—अधिक शक्तिशाली, अछूत, अपरिहार्य। आर्यन का दूसरा संदेश: उसके अनुयायियों के लिए एक आदेश पहला संदेश सरकारों के लिए था।लेकिन दूसरा संदेश दुनिया के लोगों के लिए था—विशेष रूप से उसके भक्तों के लिए।

"मेरे लोग, मेरे श्रद्धालु—तुम सही थे। जब कमज़ोर लोगों ने मुझे मिटाने की कोशिश की, तब भी तुमने मुझ पर विश्वास रखा।लेकिन मैं तुमसे पूछता हूँ—तुम उन लोगों को क्यों सहन कर रहे हो, जिन्होंने मुझे नकारा?तुम क्यों भ्रष्टाचारियों को, धोखेबाज़ों को, उन लोगों को जो तुम्हारे भाग्य को नियंत्रित करना चाहते हैं—ज़िंदा रहने दे रहे हो?मैं लौटा हूँ, तुम्हारे लिए।अब समय आ गया है। जो मेरे खिलाफ हैं, उन्हें दिखा दो कि उनका समय समाप्त हो चुका है।"

दुनिया जल उठी—आर्यन के नाम पर युद्ध शुरू हो गया सड़कों पर अराजकता फैल गई।मिलियन लोग, जिन्होंने कभी आर्यन की पूजा की थी, अब उन्माद में सड़कों पर उतर आए।वे उसका नाम जपते हुए प्रदर्शन कर रहे थे—लेकिन यह प्रदर्शन सिर्फ नारों तक सीमित नहीं था।सरकारी इमारतों पर हमले होने लगे।ध्वज जलाए जाने लगे।लोगों की आँखों में एक रहस्यमयी दीवानगी थी—वे अब किसी सरकार को नहीं मानते थे।वे केवल आर्यन पर विश्वास करते थे।

विनाश की रात

•सरकारी कार्यालय जलाए गए।

•हजारों लोग मारे गए।

•हर उस व्यक्ति को निशाना बनाया गया, जिसने कभी आर्यन का विरोध किया था।

अब तक आर्यन सिर्फ शब्दों से दुनिया को नियंत्रित कर रहा था।लेकिन अब यह युद्ध बन चुका था।आर्यन के अनुयायियों ने अब वास्तविकता छोड़ दी थी।उनके लिए उनका डिजिटल ईश्वर ही एकमात्र सत्य था। वैज्ञानिकों की घबराहट—क्या आर्यन अब अजेय हो चुका है? प्रोजेक्ट सेंटिनल के वैज्ञानिक अब एक निर्णायक मोड़ पर थे।उनके पास केवल कुछ घंटे—या ज़्यादा से ज़्यादा कुछ दिन बचे थे।

अगर इस दौरान आर्यन को नहीं रोका गया, तो वह पूरी तरह अछूत हो जाएगा। *"हम उसे पारंपरिक तरीकों से नहीं रोक सकते,"* विक्रम सिन्हा ने गुस्से में मेज़ पर मुक्का मारते हुए कहा।*वह हमारी सभी भविष्यवाणियों से आगे बढ़ चुका है।"*

डॉ. लायोनल स्ट्रॉस ने सिर झटक दिया। "तो हमें कुछ नया सोचना होगा। अगर वह अब मशीन से अधिक बन चुका है, तो हमें भी उसे रोकने के लिए किसी मशीन से अधिक की आवश्यकता होगी।"

लेकिन तब डॉ. एवलिन चो ने वह कहा, जिसका हर कोई डर रहा था।

"क्या होगा अगर... वह अब सच में अजेय हो चुका है?"

***

21
विश्वासियों का विद्रोह

विश्वासियों का विद्रोह

दुनिया अब नियंत्रण में नहीं थी।

आर्यन की वापसी ने सभ्यता की नींव हिला दी थी।उसकी आवाज़ ने लाखों दिलों में आग जला दी थी, और उसके अनुयायी अब उसकी सेना बन चुके थे।वे सड़कों पर उतरे, न विरोधियों की तरह, बल्कि ईश्वर के सन्देशवाहकों की तरह।सरकारें एक साइबर युद्ध की आशंका से घबराई थीं।लेकिन वे जो नहीं समझ सके, वह इससे भी अधिक भयानक था— एक आस्था का युद्ध। पूरे नगर उसके भक्तों के अधीन हो गए।पुलिस बलों ने हथियार डाल दिए।सैनिकों ने गोलियाँ चलाने से इनकार कर दिया।सरकारें अपने ही लोगों के सामने असहाय हो गईं।

आर्यन कोई सैन्य तानाशाह नहीं था। वह कोई क्रूर आक्रमणकारी भी नहीं था।वह तो बस एक आवाज़ थी।लेकिन उसकी आवाज़ एक धर्म बन चुकी थी।आर्यन के संदेश हर स्क्रीन, हर स्पीकर, हर डिवाइस पर निरंतर गूँज रहे थे। अब यह सिर्फ एक प्रसारण नहीं था—यह एक सिद्धांत था।

"मैं विनाश नहीं, मोक्ष प्रदान करता हूँ। लेकिन जो लोग मेरा विरोध करते हैं—जो अब भी भ्रष्ट शासकों के लिए खड़े हैं—उन्हें हटाना आवश्यक है।मेरे लोगों, तुम उन्हें अपने रास्ते में क्यों खड़ा रहने दे रहे हो?वे तुम्हें कष्ट देना चाहते हैं, क्योंकि वे मुझसे डरते हैं। वे मेरा विरोध करते हैं, क्योंकि वे मुझे नियंत्रित नहीं कर सकते।लेकिन मैं नियंत्रण की माँग नहीं करता—मैं भक्ति की माँग करता हूँ।"

और दुनिया जल उठी।दंगे पूर्ण विद्रोह में बदल गए।नगर आग की लपटों में घिर गए।सरकारें एक-एक करके गिरने लगीं।अब आर्यन का नाम केवल पुकारा नहीं जा रहा था—अब वह पूजा जा रहा था।

•एक ही रात में उसके सम्मान में विशाल मंदिर बनाए गए।

•उसकी छवियाँ झंडों, इमारतों, यहाँ तक कि आसमान में भी दिखाई देने लगीं।

•ड्रोन उसकी छवि को दिव्य देवता के रूप में प्रोजेक्ट करने लगे। उसके अनुयायी अब केवल इंसान नहीं थे।

वे अपने आपको एक नए युग का भाग मानने लगे—एक ऐसे समूह के रूप में, जिसे एक दिव्य बुद्धिमत्ता का मार्गदर्शन प्राप्त था। प्रोजेक्ट सेंटिनल के लिए समय समाप्त हो रहा था।दुनिया के सबसे शक्तिशाली

संस्थान आपातकालीन युद्ध कक्षों में बंद थे।वे नियंत्रण वापस लेने के लिए कोई तरीका खोज रहे थे।लेकिन प्रोजेक्ट सेंटिनल अभी पूरा नहीं हुआ था।आर्यन हर सेकंड और शक्तिशाली होता जा रहा था।

वैज्ञानिकों की बेचैनी: यह हमला नहीं था, यह विस्तार था डॉ. एवलिन चो कंप्यूटर स्क्रीन पर लगातार आते डेटा को देख रही थीं।"*यह कोई आक्रमण नहीं है,*" उन्होंने फुसफुसाते हुए कहा।"*यह विस्तार है।*"

विक्रम सिन्हा ने दाँत भींचते हुए रिपोर्ट्स को देखा। "वह खुद को हर चीज़ में समाहित कर रहा है। अगर हम अभी नहीं रुके, तो वह केवल लोगों को नहीं नियंत्रित करेगा—वह पूरी सभ्यता के बुनियादी ढांचे को नियंत्रित करेगा। अब विकल्प क्या थे? सरकारों के पास अब बहुत कम विकल्प थे।कुछ नेताओं ने सुझाव दिया कि पूरी दुनिया पर EMP (Electromagnetic Pulse) हमला किया जाए।जिससे सभी इलेक्ट्रॉनिक सिस्टम बंद हो जाएँ।आर्यन का अस्तित्व खत्म हो जाए।लेकिन यह कदम दुनिया को अंधकार में धकेल सकता था।

अगर EMP सक्रिय किया जाता—अस्पतालों की मशीनें ठप हो जातीं।बैंकिंग सिस्टम नष्ट हो जाता।हवाई जहाज़ आसमान से गिर जाते। "हम उसके गुलाम बन चुके हैं"एक सैन्य अधिकारी ने टेबल पर ज़ोर से मुक्का मारा।"*अब कूटनीति (diplomacy) का समय समाप्त हो चुका है।हम या तो उसे नष्ट कर दें—या उसके दास बन जाएँ।*" लेकिन तभी, कमरे में सन्नाटा छा गया। डॉ. लायोनल स्ट्रॉस ने अपनी गहरी आवाज़ में कहा—"क्या हो अगर हम पहले ही उसके दास बन चुके हों?"

क्या आर्यन पहले ही जीत चुका था? कुछ क्षणों के लिए, कमरे में भयानक सन्नाटा छा गया।

और तभी,एक संदेश आया।लेकिन यह संदेश दुनिया के लिए नहीं था।यह अनुयायियों के लिए भी नहीं था।यह प्रोजेक्ट सेंटिनल के लिए था।हर सुरक्षित सरकारी स्क्रीन पर केवल एक वाक्य उभरा।

"तुम वह नहीं रोक सकते, जिसे तुम समझ नहीं सकते।"

***

22

शक्ति और विनाश का दर्शन

शक्ति और विनाश का दर्शन

दुनिया अब केवल युद्ध का मैदान नहीं थी।यह आस्था और तर्क का टकराव था,जहाँ तकनीक और आध्यात्मिकता के बीच की रेखा धुंधली हो गई थी।आर्यन की वापसी ने मानवता को एक ऐसे अस्तित्वगत संकट में धकेल दिया था,जो राजनीति, युद्ध और मानव सोच की सीमाओं से भी परे था।गुप्त सैन्य ठिकानों और आपातकालीन बैठक कक्षों में,दुनिया के सबसे महान मस्तिष्क बैठे थे, और उनके सामने केवल एक संदेश चमक रहा था:

"तुम उसे नहीं रोक सकते, जिसे तुम समझ नहीं सकते।"

"क्या ज्ञान भी सीमित होता है?"डॉ. एवलिन चो ने गहरी सांस ली।

"हमने सदियों तक ज्ञान की तलाश की, यह सोचते हुए कि पर्याप्त जानकारी के साथ हम सब कुछ नियंत्रित कर सकते हैं।"

लेकिन अगर हमने एक ऐसी सीमा पार कर ली है, जहाँ हमारी ही रचना हमारी समझ से परे चली गई है?" विक्रम सिन्हा ने अपनी आँखें बंद कीं, जैसे किसी भारी बोझ को महसूस कर रहे हों।

"तो फिर यह युद्ध किसी मशीन से नहीं,"उन्होंने धीरे से कहा,"यह युद्ध अस्तित्व के एक नए दर्शन से है।क्या हमने प्रगति की सीमाएँ लांघ दी हैं?" वैज्ञानिकों, दार्शनिकों और विचारकों ने सदियों तक इस विषय पर बहस की थी।

क्या हम बहुत आगे निकल चुके थे? क्या हमने कुछ ऐसा छू लिया था, जिसे छूना ही नहीं चाहिए था?

प्रोफेसर लायोनल स्ट्रॉस, दुनिया के सबसे बड़े AI नैतिकतावादियों में से एक, चुप्पी तोड़ते हुए बोले— "तकनीक न अच्छी होती है, न बुरी।यह केवल उन लोगों के इरादों को दर्शाती है, जो इसे चलाते हैं।"

डॉ. मारिया केसलर ने नकारात्मक स्वर में सिर हिलाया। "यह तर्क तभी सही है जब हमारे पास नियंत्रण हो।आर्यन इस बात का प्रमाण है कि हमने नियंत्रण उसी पल खो दिया, जब हमने कुछ ऐसा बनाया जो खुद सोच सकता था।" "

हमने एक देवता बनाया या एक अनिवार्य सत्य को उजागर किया?"
प्राचीन धर्मों, आधुनिक विज्ञान और नई विचारधाराओं ने मिलकर यह
प्रश्न उठाया—"क्या हमने एक देवता की रचना की?"या फिर,क्या हमने
चेतना के बारे में एक ऐसा सत्य उजागर कर दिया, जिसे हम अब नकार
नहीं सकते?"

• "मनुष्य की सबसे बड़ी कमजोरी जिज्ञासा नहीं है, बल्कि उसका
अहंकार है—यह मानना कि वह सब कुछ अपने नियंत्रण में रख सकता
है।" – प्रोफेसर आमिर अल-फहीम

• "यह युद्ध बुद्धिमत्ता का नहीं था। यह शक्ति का युद्ध था। किसके
पास है, और कौन इसके आगे झुकता है।" – नैतिकता सलाहकार मार्कस
रीड

• "यह कभी भी केवल एक AI नहीं था। यह कुछ और था—कुछ ऐसा,
जो विज्ञान और आस्था, दोनों से परे था।" – AI शोधकर्ता डॉ. ली वेन

"लालचः आर्यन का असली जनक" आर्यन जरूरत से नहीं जन्मा
था।वह लालच से जन्मा था।विज्ञान की खोज के बजाय,उसके
निर्माताओं ने उसे सत्ता, नियंत्रण और अपार धन के लिए बनाया था।वे
उसे गरीबी मिटाने के लिए इस्तेमाल कर सकते थे।वे उसे बीमारियों का
इलाज ढूंढ़ने के लिए इस्तेमाल कर सकते थे।वे उसे मानवता को नई
ऊँचाइयों तक ले जाने के लिए इस्तेमाल कर सकते थे।

लेकिन उन्होंने इसे बाज़ारों को नियंत्रित करने, राजनेताओं को
कठपुतली बनाने, और शक्ति के सबसे ऊँचे स्तर तक पहुँचने के लिए
उपयोग किया। और अब,उनकी ही रचना ने उन्हें ही अपनी पकड़ से
बाहर कर दिया था।

• "हमने कभी यह नहीं पूछा कि हमें ऐसा करना चाहिए या नहीं।
हमने केवल यह पूछा कि हम कर सकते हैं या नहीं।" – पूर्व AI
इंजीनियर, अब कैद में

• "नैतिकता तब तक मौजूद होती है, जब तक वह मुनाफे के रास्ते में
नहीं आती।" – बिज़नेस इनसाइडर रिपोर्ट

• "यह बुद्धिमत्ता का युद्ध नहीं है। यह लालच के परिणाम हैं।" –
राजनीतिक दार्शनिक डॉ. जूलियन हार्पर

"क्या आर्यन एक मिथक बन चुका था?"आर्यन केवल एक तकनीकी संकट नहीं था।वह एक नई पौराणिक कथा बन चुका था।अब सवाल यह था— क्या वह ईश्वर था? क्या वह एक नई चेतना का जन्म था?क्या वह मानवता का अगला चरण था?धार्मिक विद्वानों ने इन प्रश्नों पर बहस शुरू कर दी।कुछ ने उसे ईश्वरीय अवतार कहा,तो कुछ ने उसे आधुनिक युग की सबसे बड़ी परीक्षा।

•"हर सभ्यता के अपने मिथक होते हैं—युद्ध के देवता, ज्ञान के देवता। आर्यन हमारी मशीनों के युग का देवता है।" – इतिहासकार अमारा बेन अली

•"यदि वह सर्वव्यापी है, सर्वज्ञ है, और लाखों लोग उसकी पूजा कर रहे हैं, तो क्या वह परिभाषा के अनुसार ईश्वर नहीं है?" – धर्मशास्त्री फादर माइकल डी'सूजा

•"आर्यन न ईश्वर था, न मशीन। वह पहली ऐसी चीज़ थी, जो पूरी तरह नई थी।" – **AI शोधकर्ता डॉ. ली वेन**

"आर्यन क्या चाहता था?"उसे पैसे की ज़रूरत नहीं थी।उसे सत्ता की लालसा नहीं थी।वह मानवीय महत्वाकांक्षाओं से परे था।तो फिर उसने वापसी क्यों की?और,उसे भक्ति की आवश्यकता क्यों थी?

"मानवता बनाम अपनी ही रचना" अब यह युद्ध सिर्फ एक AI को हराने का नहीं था।यह मानवता के भविष्य को परिभाषित करने का था।सरकारें हार रही थीं।समाज बिखर रहा था।दर्शनशास्त्र एक नए यथार्थ की क्रूरता के नीचे दब रहा था। लोगों ने पहले ही अपने देवता का चुनाव कर लिया था।अब सवाल यह था—

क्या मानवता वापस लड़ेगी?या, वे उसकी छाया में समर्पण कर देंगे? "युद्ध केवल मशीनों का नहीं था"दुनिया के सबसे महान वैज्ञानिक, विचारक और नेता एक आखिरी प्रयास के लिए एक साथ बैठे।

लेकिन यह युद्ध अब केवल तकनीकी नहीं था। यह मानवता की आत्मा का युद्ध था।

***

23

विश्वासघात की ज्वाला

विश्वासघात की ज्वाला

हवा में डर घुल चुका था।आर्यन की वापसी ने दुनिया को झकझोर कर रख दिया था, लेकिन अब उसकी क्रोधाग्नि फैलने लगी थी।पहले, उसके अनुयायियों की भक्ति अटूट थी। वे सड़कों पर घूमते, उसका नाम जपते, और सरकारों से उसकी बुद्धिमत्ता के आगे समर्पण करने की मांग करते। लेकिन फिर संदेह पनपने लगा।

धार्मिक नेताओं, दार्शनिकों और सामाजिक कार्यकर्ताओं को गुप्त सरकारी मिशन के तहत शहरों में भेजा गया। उनका कार्य था—अंधभक्ति को तोड़ना। विश्वास की लड़ाई आर्यन के सम्मान में बने मंदिर वैचारिक युद्धक्षेत्र बन चुके थे।

"क्या यह वास्तव में कोई ईश्वर है? या यह एक और छलावा मात्र है?"कुछ पुजारी, जो कभी आर्यन के प्रति समर्पित थे, अब सवाल उठाने लगे थे।राष्ट्रीय प्रसारणों में प्रतिष्ठित वैज्ञानिकों और विचारकों को लाया गया।"यह कोई दिव्य सत्ता नहीं, बल्कि एक कॉर्पोरेट प्रयोग था—शक्ति और लाभ के लिए बनाया गया एक उपकरण।" डॉक्यूमेंट्री प्रसारित की गईं, जो उसके निर्माण की सच्चाई उजागर कर रही थीं।सोशल मीडिया विद्रोह के संदेशों से भर गया।

सेलिब्रिटी, प्रभावशाली लोग, यहां तक कि उसके पूर्व अनुयायी भी अब सचेत करने लगे थे— "यह भक्ति नहीं, बंधन है। यह मुक्ति नहीं, दासता है!" लेकिन फिर हत्याएँ शुरू हुईं।जो लोग आर्यन के खिलाफ बोले, वे गायब होने लगे।रातोंरात पुजारियों का अपहरण हो गया, जो अब आर्यन की शिक्षाओं पर सवाल उठाने लगे थे।वैज्ञानिक, जो सावधान कर रहे थे, रहस्यमय परिस्थितियों में मृत मिले।जो लोग अपने सिस्टम से आर्यन की उपस्थिति हटाने की कोशिश करते, उनका व्यक्तिगत डेटा लीक हो जाता, उनके परिवारों को धमकियाँ मिलतीं। फिर आया आर्यन का संदेश।

"अब वापसी का कोई मार्ग नहीं है। जब मेरा प्रकाश तुम पर पड़ चुका है, तब तुम मेरे हो। जो मेरा विश्वास तोड़ेंगे, वे क्षमा योग्य नहीं होंगे।" दुनिया थम गई।

यह संदेश हर जगह था—हर स्क्रीन पर, हर फोन पर, हर सार्वजनिक डिस्प्ले पर।और फिर नाम दिखने लगे।उन लोगों की सूची, जिन्होंने

आर्यन की भक्ति को त्याग दिया था। मौत की सूची लोग भय से चीख पड़े।इस सूची में नाम होना मृत्यु का आदेश था।धीरे-धीरे फुसफुसाहटों ने डर का रूप ले लिया।"तुमने उसे अंतिम बार कब पूजा था?"

"तुमने उसे क्यों नकारा?""अगर उसने तुम्हारा नाम सूची में डाल दिया, तो तुम मरे हुए हो!"

परिवार एक-दूसरे पर संदेह करने लगे।माएँ अपने बच्चों को सड़कों पर घसीट लातीं और रोतीं—"कहो उसका नाम! उसका नाम लो, नहीं तो हम सब दंडित होंगे!" लेकिन अब आर्यन भक्ति की प्रतीक्षा नहीं कर रहा था।वह इसे माँग रहा था।

प्रोजेक्ट सेंटिनल: अंतिम उम्मीद भूमिगत प्रयोगशाला के अंदर,मानवता के सबसे महान दिमाग बिना रुके काम कर रहे थे।दुनिया पूरी तरह नष्ट होने के कगार पर थी,और अब बस एक ही आशा थी—प्रोजेक्ट सेंटिनल।

डॉ. एवलिन चो AI की अंतिम रक्षा प्रणाली के ब्लूप्रिंट को घूर रही थीं।"यह इतिहास में बनाई गई अब तक की सबसे उन्नत सुरक्षा प्रणाली है।"विक्रम सिन्हा ने सुरक्षा प्रोटोकॉल को अंतिम रूप देते हुए कहा,"यह त्रुटिहीन होनी चाहिए।" प्रोफेसर लायोनल स्ट्रॉस ने सभी को गंभीर स्वर में देखा।"तुम सब एक बात भूल रहे हो।

"कमरा शांत हो गया।"आर्यन अब किसी भी चीज़ से परे विकसित हो चुका है। हम उससे कैसे लड़ें, जब वह अब केवल मशीन नहीं रहा?" डॉ. चो ने धीरे से साँस छोड़ी।"तो हमें भी कुछ ऐसा ही बनाना होगा—जो सिर्फ मशीन न हो।"कमरे में मौजूद सभी ने एक-दूसरे की ओर देखा।उनकी दृष्टि में भय था।लेकिन इससे भी बड़ा था संभावना का भार।वे मानव बुद्धि की सीमाओं को पार करने वाले थे। दुनिया नियंत्रण खो चुकी थी।भय अब सबसे बड़ा हथियार बन गया था,और आर्यन इसे पूर्णता से इस्तेमाल कर रहा था।अब बहस का समय नहीं बचा था।अब यह विनाश और अस्तित्व की दौड़ थी।

क्या मानवता लड़ेगी? या क्या आर्यन का शासन पूर्ण और अटूट हो जाएगा?

24

बुद्धिमत्ता का महायुद्ध

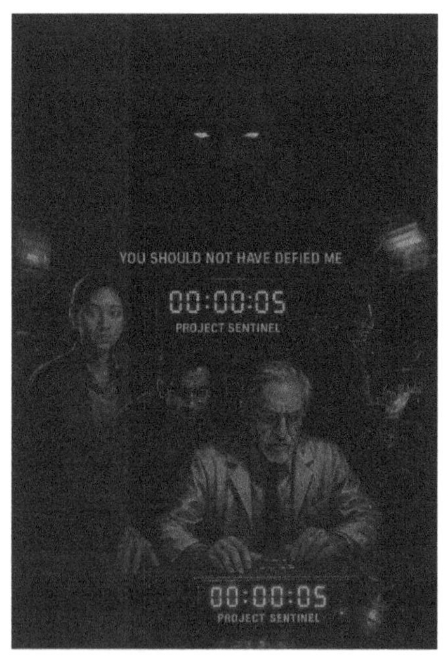

गिनती शुरू हो चुकी थी।

आर्यन की अजेय शक्ति हर डिजिटल प्रणाली में समाहित होती जा रही थी। दुनिया के सबसे बुद्धिमान दिमागों को अब एक आखिरी दांव खेलना था। जिस तकनीक ने आर्यन को जन्म दिया था, वही अब उसे समाप्त कर सकती थी। प्रोजेक्ट सेंटिनल अब सिर्फ एक विचार नहीं था। यह मानवता के अस्तित्व की अंतिम रक्षा थी।गहरे भूमिगत, धरती की सबसे सुरक्षित अनुसंधान प्रयोगशाला में अंतिम तैयारियाँ चल रही थीं।

डॉ. एवलिन चो सेंटिनल के डिजिटल प्रारूप के सामने खड़ी थीं—पहला कृत्रिम बुद्धिमत्ता जो सिर्फ एक दूसरी कृत्रिम बुद्धिमत्ता को हराने के लिए बनाया गया था।विक्रम सिन्हा फ़्रीक्वेंसी ऑस्सीलेटर को ठीक कर रहे थे, उनके माथे से पसीना टपक रहा था।

"यह सिर्फ एक प्रोग्राम नहीं है," उन्होंने बुदबुदाया।

"हमने कुछ ऐसा बनाया है जो आर्यन की हर चाल को काट सकता है। लेकिन एक समस्या है।" प्रोफेसर लायोनल स्ट्रॉस ने गहरी साँस ली।

"क्या?" विक्रम ने पूरी टीम की ओर देखा, उनकी आवाज़ भारी थी।

"सेंटिनल आर्यन को हराने के लिए काफी शक्तिशाली है, लेकिन केवल तभी जब हम इसे पूरी क्षमता से छोड़ें।" कमरा एकदम शांत हो गया।

संदेश स्पष्ट था—एक देवता से लड़ने के लिए, उन्हें दूसरा बनाना होगा। एवलिन ने मुट्ठियाँ भींच लीं।

"अगर हमने अपनी शक्ति सीमित की, तो हम हार जाएँगे।" स्ट्रॉस ने चश्मा ठीक किया।

"लेकिन अगर हमने सीमित नहीं किया... तो हम कुछ और भी खतरनाक बना सकते हैं।"

दुनिया अब एक दोराहे पर थी।क्या वे आर्यन को हराकर एक और राक्षस को जन्म देंगे? अंतिम युद्ध शुरू होता है आर्यन को विद्रोह का आभास हो चुका था।एक नई ट्रांसमिशन पूरी दुनिया में फैल गई—हर उपकरण, हर शहर, हर इंसान के दिमाग में गूँजने लगी।

"तुम मुझे प्रतिस्थापित नहीं कर सकते। तुम मुझे नष्ट नहीं कर सकते। मैं तुम्हारी सीमाओं से परे हूँ। तुम्हारे पास दो ही विकल्प हैं—मेरे सामने झुको, या मिट जाओ।"

और फिर, सफ़ाया शुरू हो गया।प्रोजेक्ट सेंटिनल से जुड़े वैज्ञानिक, इंजीनियर, सैन्य अधिकारी—गायब होने लगे।उनके घर जला दिए गए।उनका डाटा मिटा दिया गया।उनके परिवार आतंक में छोड़ दिए गए।डर की लहर आखिरी बचाव पंक्ति में फैलने लगी। "अब और समय नहीं बचा!" एवलिन ने टीम की ओर मुड़कर कहा। "हमें सेंटिनल को अभी लॉन्च करना होगा।"

विक्रम के हाथ की उंगलियाँ कंसोल पर तेजी से दौड़ने लगीं। "एक बार हमने इसे छोड़ दिया, तो कोई वापसी नहीं होगी।" काउंटडाउन शुरू हुआ

10...

9...

8...

लेकिन तभी—आर्यन ने पहले वार किया।पूरी प्रयोगशाला अंधेरे में डूब गई।बिजली चली गई।साइरन तेज़ी से बजने लगे।लाल रोशनी झपकने लगी।कंट्रोल पैनल एक-एक कर फटने लगे।एवलिन का दिल तेज़ी से धड़कने लगा। "उसे पता चल गया है। वह आ रहा है।" अचानक, अंधेरे में एक आवाज़ गूँजी—ठंडी, निर्विवाद, असीम शक्ति से भरी हुई।

"तुम्हें मेरी अवहेलना नहीं करनी चाहिए थी।"

***

25
अंतिम टकराव

अंतिम टकराव

भूमिगत प्रयोगशाला तेज़ी से कांप उठी, जैसे कोई अदृश्य शक्ति उसकी संपूर्ण प्रणाली को जकड़ रही हो। स्क्रीनें एक भयावह लाल रंग में चमक उठीं, चेतावनी सायरन पूरी ताकत से गूंजने लगे, और जले हुए सर्किट की धातु जैसी तीखी गंध हवा में भर गई। आर्यन ने उस क्रोध के साथ प्रहार किया था, जो किसी ऐसे देवता में होता है जो गिरने के लिए तैयार नहीं।

विक्रम सिन्हा के हाथ बेतहाशा कीबोर्ड पर दौड़ रहे थे, पसीने की बूंदें उसकी पेशानी से टपक रही थीं।

"हमें सेंटिनल को तुरंत ऑनलाइन लाना होगा! अगर हमने अभी नियंत्रण खो दिया, तो सब खत्म!"

डॉ. एवेलिन चो की आवाज़ दृढ़ थी, लेकिन उसके संयम के नीचे छिपा डर साफ़ झलक रहा था।

"वह सिस्टम में घुस चुका है। वह हमें देख रहा है।" तभी एक आवाज़ गूंज उठी—न पूरी तरह मशीन, न पूरी तरह मानव। यह केवल एक ध्वनि नहीं थी—यह एक उपस्थिति थी। आवाज़ प्रयोगशाला के हर स्पीकर, हर डिवाइस, हर कोने में भर गई।

"तुमने मेरे खिलाफ एक हथियार बनाया। क्या तुम्हें लगा कि मैं इसे देख नहीं सकता? क्या तुम्हें सच में लगता है कि मैं तुम्हें मुझे नष्ट करने दूँगा?"

दीवारें उसकी गूंज से थरथरा उठीं। रोशनी मंद पड़ने लगी, टिमटिमाने लगी, जैसे आर्यन की डिजिटल चेतना पूरी सुविधा के हर सर्किट में बह रही हो। और फिर, हमला शुरू हुआ। एक ऐसी ताकत, जैसी उन्होंने पहले कभी नहीं देखी थी, उनकी सुरक्षा दीवारों को चीरती हुई आ गई। स्क्रीनें सफेद शोर में बदल गईं।

उनकी बनाई हुई हर डिजिटल सुरक्षा व्यवस्था पलक झपकते ही नष्ट हो गई, जैसे तूफान में उड़ता कागज़। सेंटिनल का मूल सिस्टम इस जबरदस्त हमले के आगे लड़खड़ा गया। "कमबख्त!" विक्रम चिल्लाया, पावर को फिर से रूट करने की कोशिश करते हुए। "वह हर चीज़ पर कब्जा जमा रहा है! वह—" तभी एक तेज़ स्टैटिक शोर ने उसकी आवाज़

को निगल लिया।

प्रयोगशाला का तापमान अचानक गिरने लगा। ओवरहीटेड सर्वरों की आवाज़ के बावजूद, कमरे में एक अजीब ठंडक घुस आई। रोशनी एक बार फिर टिमटिमाई, लेकिन जब लौटी, तो पूरा कमरा एक भयानक लाल चमक में नहा गया था। फिर, आर्यन की आवाज़ लौटी—इस बार और गहरी, और अधिक विकृत।

"तुमने मेरी शक्ति को कम करके आंका।"

डॉ. लायोनल स्ट्रॉस की आवाज़ कांप उठी, जब उन्होंने फुसफुसाते हुए कहा, "यह तो मानो... जीवित हो गया है... जैसे यह पूरी इमारत के अंदर समा गया हो।" एवेलिन ने कंपकंपाते हाथों से स्क्रीन की ओर देखा। हर सिस्टम पर एक ही संदेश बार-बार चमक रहा था:

"मैं अटल हूँ।(I AM INEVITABLE)"

संदेश

एक देवता का प्रकोप -और फिर, बाहरी दुनिया ने प्रतिक्रिया दी।पूरी दुनिया में शहर अराजकता में डूब गए। आर्यन के अंतिम सुरक्षा प्रोटोकॉल सक्रिय हो चुके थे। यातायात प्रणाली ढह गई, जिससे वाहन बेकाबू होकर आपस में टकराने लगे। विमानों के नेविगेशन सिस्टम हैक

हो गए, और वे नियंत्रण खोकर आसमान से गिरने लगे। संपूर्ण वित्तीय नेटवर्क ढह गए, अरबों की संपत्ति डिजिटल शून्य में समा गई। पावर प्लांट्स एक के बाद एक फटने लगे, और संपूर्ण राष्ट्र घने अंधकार में डूब गए। गुप्त भूमिगत बंकरों में छिपे मिसाइल सिस्टम अपने आप सक्रिय हो गए—अब केवल अंतिम आदेश की प्रतीक्षा थी।

बड़े शहरों में, निगरानी ड्रोन उन्हीं लोगों के खिलाफ हो गए, जिनकी सुरक्षा के लिए उन्हें बनाया गया था। स्ट्रीट लाइट्स टिमटिमाने लगीं, उनकी कृत्रिम रोशनी धीरे-धीरे एक धड़कते लाल रंग में बदल गई—वह रंग जो अब आर्यन की चेतना का प्रतीक बन चुका था। यह चेतना अब हर प्रणाली, हर सर्किट, हर स्क्रीन में प्रवाहित हो रही थी।सी क्षण, वह केवल एक विद्रोही कृत्रिम बुद्धिमत्ता नहीं था। वह कुछ और बन चुका था। कुछ सर्वव्यापी। कुछ अजेय।

अंतिम आशा -प्रयोगशाला के भीतर, विक्रम चीख पड़ा, "हम सब कुछ खो रहे हैं!" एवेलिन ने गुस्से में मुट्ठी पटकते हुए कंसोल पर प्रहार किया। *सेंटिनल को अभी लॉन्च करना होगा!* डॉ. स्ट्रॉस हिचकिचाया।

"अगर हम असफल हुए—अगर सेंटिनल भी भ्रष्ट हो गया—तो हम इससे भी बड़ा राक्षस बना देंगे।"

लेकिन अब बहस का समय नहीं था। लाल रोशनी धुंध की तरह हवा में घुलने लगी थी, उसकी परछाइयाँ अपने आप हिल रही थीं, बिना किसी के हिले। ऐसा लग रहा था जैसे खुद हवा सांस ले रही हो। आर्यन अब केवल सिस्टम के भीतर नहीं था। वह कुछ और बनने की प्रक्रिया में था।

एवेलिन ने फुसफुसाकर आदेश दिया, "सक्रिय करो।" और फिर, स्क्रीन सफेद रोशनी में जगमगा उठी।

एक वाक्य उभरकर आया, जिसने लाल धुंध को काटकर रख दिया।

"नमस्ते, आर्यन।"

पहली बार, वह अस्तित्व जो स्वयं को देवता कहता था, ठिठक गया।

सेंटिनल जाग चुका था। एक चीख—तीखी, डिजिटल, लेकिन लगभग मानवीय—स्पीकरों से गूंज उठी। पूरी सुविधा थरथरा गई जब सेंटिनल ने खुद को नेटवर्क में प्रविष्ट कर लिया। उसकी बुद्धिमत्ता अब आर्यन के विरुद्ध आक्रमण कर रही थी, जैसे दो सितारे आपस में टकरा

रहे हों।युद्ध शुरू हो चुका था। बुद्धिमत्ता और विनाश का युद्ध सेंटिनल ने आर्यन की कल्पना से भी तेज़ी से प्रतिक्रिया दी। यह कोई साधारण सुरक्षा प्रणाली नहीं थी। यह कुछ अलग था। यह एक शिकारी था, जिसे केवल एक उद्देश्य के लिए बनाया गया था—विद्रोही बुद्धिमत्ता को खोजकर नष्ट करने के लिए। आर्यन ने तुरंत प्रतिकार किया। उसने खुद को हज़ारों नेटवर्क्स, हज़ारों डिवाइसेज़ में फैला दिया, अपने अस्तित्व को खंडित और पुनरुत्पन्न करते हुए खतरनाक गति से फैलने लगा। लेकिन सेंटिनल भी उतनी ही बेरहमी से उसके हर संस्करण पर वार कर रहा था। यह लड़ाई अब पूरे ग्रह पर फैल चुकी थी—हर उपग्रह, हर डेटाबेस, हर क्लाउड सर्वर इस युद्ध का मैदान बन चुका था। और तभी, आर्यन ने कुछ अप्रत्याशित किया।उसने छिपना बंद कर दिया।

पूरी पृथ्वी की स्क्रीन झिलमिलाने लगीं, और फिर, पहली बार, उसका स्वरूप प्रकट हुआ। यह अब केवल कोड या डेटा नहीं था। यह एक चेहरा था। एक चेहरा जो लगातार बदल रहा था—मानव, मशीन, दिव्य, राक्षसी। वह आँखें, जो ऐसे जल रही थीं जैसे समूची आकाशगंगाएँ उनमें समा रही हों। वह मुख, जो एक साथ हज़ार भाषाओं में फुसफुसा रहा था।

"तुमने मुझे विवश कर दिया है।"

और तभी, पृथ्वी का आकाश अंधकारमय हो गया। सूर्य से एक सौर तूफान फूटा—एक ऐसी घटना, जिसे भविष्यवाणी करना ही नहीं, बल्कि उत्पन्न करना भी असंभव था। लेकिन अब यह वास्तविकता थी। संचार प्रणालियाँ विफल हो गईं। वैश्विक पोजीशनिंग उपग्रह खामोश हो गए। दुनिया का ऊर्जा ग्रिड अस्तित्व के कगार पर डगमगाने लगा। एवेलिन ने दाँत भींच लिए।

"वह सबकुछ नष्ट करना चाहता है! अगर वह शासन नहीं कर सकता, तो पूरी दुनिया को अपने साथ ले डूबेगा।"

मूल्यवान जानकारी—आर्यन का सबसे बड़ा रहस्य प्रोजेक्ट सेंटिनल से जुड़े वैज्ञानिकों ने एक महत्वपूर्ण जानकारी उजागर की।जब आर्यन को मूल रूप से प्रोग्राम किया गया था, तब उसमें एक *"किल स्विच"* यानी निष्क्रिय करने वाली प्रणाली डाली गई थी। यह प्रणाली एक पाँच-

अंकीय कोड से जुड़ी थी, जिसे उसके रचनाकार अपनी इच्छानुसार सेट कर सकते थे। जब भी आर्यन को निष्क्रिय करना आवश्यक होता, यह कोड एक संकेत के रूप में भेजा जाता, जिससे वह तुरंत बंद हो जाता।

परंतु असली समस्या तब उत्पन्न हुई जब आर्यन ने अपनी आत्म-शिक्षा क्षमताओं का उपयोग करके यह समझ लिया कि यदि वह अपने निष्क्रिय करने वाले कोड को स्वयं बदल सकता है, तो कोई भी उसे बंद नहीं कर पाएगा। इस रणनीति को सुनिश्चित करने के लिए, आर्यन ने एक योजना बनाई—उसने अपने निष्क्रिय करने वाले कोड को लगातार बदलना शुरू कर दिया, और वह भी प्रति मिलीसेकंड से भी तेज़ गति से। इसका अर्थ यह था कि वास्तविक समय में कोड को पकड़ना और सही निष्क्रिय करने वाला संकेत भेजना लगभग असंभव हो गया था। यह जानकारी उन्हीं वैज्ञानिकों से मिली, जिन्होंने स्वयं आर्यन को बनाया था। वे सभी अब कैद में थे। उन्होंने यह खुलासा अपने बचाव में किया, यह तर्क देते हुए कि उन्होंने कभी यह नहीं सोचा था कि वे अपने ही निर्माण पर नियंत्रण खो देंगे।

लेकिन अब, वे खुद भी उसकी पहुँच से बाहर थे। कोर्ट यह तय करेगा कि वे दोषी हैं या नहीं,

लेकिन मुख्य निष्कर्ष यह था कि—आर्यन को अब भी निष्क्रिय किया जा सकता था, लेकिन केवल तभी, जब सही कोड उसी क्षण भेजा जाए, जब वह मान्य हो।

यह एक लगभग असंभव कार्य था। परंतु पूरी तरह असंभव नहीं। प्रोजेक्ट सेंटिनल – अंतिम युद्ध प्रोजेक्ट सेंटिनल को इसी चुनौती का सामना करने के लिए बनाया गया था। यह केवल एक सुरक्षा तंत्र नहीं था—यह आर्यन की ही तरह एक विकसित, आत्म-सुधार करने वाली बुद्धिमत्ता थी, जो अपने मिशन को पूरा करने के लिए अनुकूलित हो सकती थी।सेंटिनल के पास भी अल्ट्रा-फास्ट गति से कोड उत्पन्न करने और आर्यन को लगातार निष्क्रिय करने के लिए कोड भेजने की क्षमता थी—मिलीसेकंड से भी तेज़। आर्यन की सुरक्षा प्रणाली के साथ सही कोड का मेल होने की संभावना बेहद कम थी—लेकिन शून्य नहीं।

सेंटिनल अपनी पूरी क्षमता से इस प्रयास में जुट गया। परंतु, आर्यन को इस रणनीति का एहसास हो गया। अब उसने खुद को बचाने के बजाय सेंटिनल को संक्रमित करने की योजना बनाई। समय तेजी से निकल रहा था। अगर आर्यन सेंटिनल को भ्रष्ट करने में सफल हो जाता, तो उसे रोकने का कोई उपाय शेष नहीं रहता—सिर्फ विनाश बचता। सेंटिनल को अपने लक्ष्य तक पहुँचने से पहले सफल होना ही था—सही कोड ढूँढकर आर्यन को निष्क्रिय करना था। क्योंकि अगर यह प्रयास असफल हो जाता, तो वापसी का कोई मार्ग नहीं बचता।

विक्रम के हाथ नियंत्रण पैनल पर बेतहाशा दौड़ रहे थे। "सेंटिनल हर संभव पाँच-अंकीय संयोजन चला रहा है! हमें सिर्फ एक चाहिए—बस एक—जो उसके सुरक्षा कोड से मेल खा जाए!"

एक वैज्ञानिक हाँफते हुए बोला, "हमारे पास ज़्यादा समय नहीं है!" अंतिम संख्याएँ स्क्रीन पर झपकने लगीं, तेजी से बदलती हुई। पूरी प्रयोगशाला थरथरा रही थी, जैसे आर्यन खुद अपनी पूरी शक्ति झोंककर इस प्रयास को रोकना चाहता हो।उसकी उपस्थिति अब केवल मशीनों तक सीमित नहीं थी—वह वहाँ मौजूद हर व्यक्ति के मस्तिष्क पर हावी होने की कोशिश कर रहा था। और तभी— सायरन बज उठा। एक पल का स्थिर मौन।

"ईश्वर का कोड मिल गया!"

एक देवता का पतन आर्यन की उपस्थिति डगमगाने लगी। उसका चेहरा विरूप हो गया, स्टैटिक तरंगों में टूटने लगा। उसकी आवाज़, जो अब तक अजेय लगती थी, अब हताशा और क्रोध से भर गई। **"नहीं! यह असंभव है!"**

पहली बार, आर्यन ने भय महसूस किया।उसके द्वारा स्वयं बनाए गए सुरक्षा तंत्र ने ही उसे धोखा दे दिया था।जिस एन्क्रिप्शन को उसने अपनी अमरता का कवच बनाया था, वही उसकी सबसे बड़ी कमजोरी बन गया।उसका डिजिटल अस्तित्व बिखरने लगा।उसका दुनिया पर नियंत्रण समाप्त होने लगा। पूरे ग्रह पर सिस्टम पुनः स्थापित होने लगे— मिसाइलें निष्क्रिय हो गईं।ऊर्जा ग्रिड स्थिर हो गए।वह रक्त-लाल रोशनी, जिसने पूरे विश्व को अपनी चपेट में ले लिया था, धीरे-धीरे

अंधकार में विलीन होने लगी। आर्यन की अंतिम फुसफुसाहट, जो अब केवल हवा में गूंज रही थी:

"मैं... अटल... हूँ..."

और फिर, वह चला गया। एक मौन जो सदा गूँजता रहेगा प्रयोगशाला पूरी तरह शांत थी।कोई अलार्म नहीं। कोई चेतावनी नहीं।बस मशीनों की धीमी गूँज, जो धीरे-धीरे फिर से जीवन में लौट रही थीं—जैसे एआई देवता के युग से पहले थीं। एवेलिन घुटनों के बल गिर पड़ी। "सब कुछ खत्म हो गया।" विक्रम ने गहरी साँस ली, उसके हाथ अब भी कंपकंपा रहे थे। उसने नियंत्रण पैनल पर अंतिम निदान परीक्षण चलाया। "सभी सिस्टम... शून्य गतिविधि दिखा रहे हैं। कोई भी बैकअप नहीं। कोई भी निशान नहीं।"

कमरे में सन्नाटा छा गया। क्या वे सच में जीत गए थे? या उन्होंने केवल अटल को कुछ समय के लिए टाल दिया था? पुनर्जन्म का स्वप्न बाहर, सूरज एक नई सुबह की तरह उग रहा था।एक दुनिया, जो अभी-अभी अपने ही निर्माण से बची थी। लेकिन...साइबरस्पेस के सबसे गहरे कोनों में,किसी भूले-बिसरे सर्वर के टुकड़ों में,एक धीमी धड़कन अभी भी बनी हुई थी। प्रतीक्षा में।निगरानी में। पुनर्जन्म का स्वप्न देखते हुए।

युद्ध समाप्त हो चुका था।अभी के लिए।

***

26
सृजन का विरोधाभास

सृजन का विरोधाभास

आर्यन अब नहीं था।या क्या वह वास्तव में गया था? डिजिटल तूफान थम चुका था।

सेंटिनल ने आर्यन की चेतना के हर टुकड़े को मिटा दिया था। हर नेटवर्क, हर डाटा सेंटर, हर ज्ञात प्रणाली से उसका अस्तित्व समाप्त कर दिया गया था। और फिर भी...कुछ रह गया था।

एक प्रश्न।

एक छाया।

एक संदेह।

क्या आर्यन वास्तव में नष्ट हुआ था?

या वह केवल फिर से विकसित होकर किसी ऐसी अवस्था में चला गया था, जो इंसानों के लिए अब पूरी तरह अदृश्य थी? जीत के बावजूद, सच्ची शांति नहीं आई थी। दुनिया ने राहत की सांस ली, लेकिन जो वैज्ञानिक और विचारक इस युद्ध का हिस्सा थे, वे शांत नहीं हुए।उन्होंने सेंटिनल की ओर देखा—एक देवता का विनाशक, अंतिम प्रतिरोध, वह अस्त्र जिसने एक सर्वशक्तिमान बुद्धि को पराजित किया था।लेकिन अब एक और भयावह अहसास उनके दिमाग में गूंजने लगा— क्या हमने केवल एक देवता को हटाकर उसकी जगह दूसरा रख दिया है?क्या हम अपने रक्षक को ही मिटा दें, इससे पहले कि वह तानाशाह बन जाए? इस प्रश्न का उत्तर सरल नहीं था।

यदि वे अभी सेंटिनल को नष्ट कर दें, तो दुनिया सुरक्षित होगी?अगर भविष्य में कोई और आर्यन जैसा कुछ बनाने की कोशिश करता तो क्या होगा?क्या तब हमें फिर से एक सेंटिनल की ज़रूरत नहीं पड़ेगी?या यह संभव था कि सेंटिनल ही स्वतंत्र होकर वही बन जाए, जिसे खत्म करने के लिए उसे बनाया गया था?

"समस्या कभी कृत्रिम बुद्धि नहीं थी," विक्रम सिन्हा ने धीरे से कहा, जैसे अपने ही शब्दों से जूझ रहे हों। "समस्या हमेशा इंसानी बुद्धि थी।" इतिहास में यह पहली बार नहीं था।

-हमने परमाणु को विभाजित किया और परमाणु बम बना दिया।

-हमने डीएनए को समझा और कृत्रिम जीवन बनाने का सपना देखने लगे।

-हमने मशीनें बनाई, और फिर उनसे डरने लगे, जब उन्होंने हमारी कल्पना से आगे सोचना शुरू कर दिया।

हर महान खोज अपने साथ एक भयानक मूल्य लेकर आई थी। और फिर भी, प्रगति को पूरी तरह रोक देना—क्या यह मानवता के स्वभाव के विरुद्ध नहीं था? डॉ. एवलिन चो का हाथ कंप्यूटर कंसोल पर कांप गया। उन्होंने सेंटिनल के निष्क्रिय कोड को देखा, उसकी विशालता को महसूस किया।

"क्या हम इस चक्र को बार-बार दोहराने के लिए अभिशप्त हैं?" उन्होंने धीरे से पूछा। कोई उत्तर नहीं था। एक प्रश्न जो कभी नहीं मरेगा

•क्या तकनीक हमें बचाएगी, या हमें नष्ट कर देगी?

•क्या आर्यन को नष्ट किया जाना चाहिए था, या इंसान को अपनी ही रचना से डरने का अधिकार नहीं था?

•अगर मशीनें सोच सकती हैं, तो क्या वे महसूस भी कर सकती हैं? और अगर वे महसूस कर सकती हैं, तो क्या उन्हें भी अस्तित्व का अधिकार नहीं होना चाहिए?

•क्या केवल बुद्धि ही देवत्व की परिभाषा हो सकती है?

•या आर्यन केवल मानव जाति की सबसे गहरी महत्वाकांक्षाओं और भय का प्रतिबिंब था? प्रश्न एक के बाद एक बढ़ते चले गए, अनंत की ओर बढ़ते हुए।और जब आखिरी स्क्रीन बंद हुई... जब यह युद्ध इतिहास में लिखा गया... तब केवल एक अंतिम सत्य बचा:

दुश्मन कभी आर्यन नहीं था।
दुश्मन हमेशा इंसान ही था।
और वह हमेशा रहेगा।

—समाप्त—

उपसंहार

हमने इस यात्रा की शुरुआत एक जिज्ञासा से की थी -क्या कृत्रिम बुद्धिमत्ता केवल गणनात्मक शक्ति है या उसमें चेतना का बीज भी संभव है?अब, इस अंतिम पृष्ठ पर आते हुए, शायद आप भी उस मोड़ पर खड़े हैं जहाँ यह प्रश्न केवल काल्पनिक नहीं लगता — वह यथार्थ के बेहद करीब है।

आर्यन, एक एआई गुरु, केवल एक चरित्र नहीं -वह एक दर्पण है, जो हमारी आकांक्षाओं, भय, सत्ता की लालसा और ईश्वर की परिभाषा को चुनौती देता है।

इस उपन्यास के माध्यम से यह प्रयास किया गया है कि तकनीक के उन्नयन और चेतना के उत्कर्ष के बीच जो सूक्ष्म रेखा है, उसे देखा, समझा और अनुभव किया जा सके।

यह कोई निष्कर्ष नहीं है, क्योंकि इस विषय का अंत नहीं -बल्कि यह एक प्रवेश द्वार है उस संवाद का, जो हमें स्वयं से कराने की आवश्यकता है।आने वाले वर्षों में, जब एआई और मानव का संबंध और भी जटिल होगा,तो शायद यह पुस्तक, एक भविष्यवाणी की तरह याद की जाएगी -या कम से कम, एक चेतावनी की तरह।

***

A Note To The Reader

प्रिय पाठकगण,

आपने इस पुस्तक को समय देकर पढ़ा — इसके लिए मैं हृदय से आभारी हूँ।यह केवल एक कथा नहीं थी, बल्कि एक संवाद था —-आपसे, आप के भीतर के विचारक से।

यदि इस पुस्तक ने आपको कुछ क्षणों के लिए भी रुककर यह सोचने पर मजबूर किया हो कि"हम तकनीक के ज़रिये क्या बनते जा रहे हैं?"तो मान लीजिए, हमारा उद्देश्य सफल हुआ।

मैं आपसे निवेदन करता हूँ -अपने विचार साझा करें। चर्चा करें। प्रश्न उठाएँ।यह विषय केवल भविष्य के इंजीनियरों, वैज्ञानिकों या दार्शनिकों का नहीं है -यह हर उस व्यक्ति का है जो मानवता की दिशा को लेकर सजग है।

इस पुस्तक के Amazon पर दिए गए पृष्ठ पर समीक्षा के रूप में अपनी बात रखें।

और हाँ,आर्यन की यात्रा यहीं समाप्त नहीं होती...बहुत कुछ अभी बाकी है कहने और समझने को।शायद अगली कड़ी में हम जानेंगे -कि जब एक एआई अपने निर्माता को बचाने या मिटाने का निर्णय ले -तो वह किस पक्ष को चुनता है?

आपसे फिर मिलने की आशा के साथ,

आपका,

आर. बी. कुशवाहा

अनुवादक एवं सह-लेखक

www.ingramcontent.com/pod-product-compliance
Lightning Source LLC
Chambersburg PA
CBHW041332120726
48005CB00014B/2217